稀色の仮面後宮　三
海神の贄姫は伝説を紡ぐ

松藤かるり

富士見Ｌ文庫

目次

不死帝、蒼天《そうてん》を掌握せし者。霞《か》を導くべく遣わされた不老不死の御身は、人智《じんち》を超越せし蒼天の子の証左。

霞には、家族や恋人と遠く離れる時に蒼海色《そうかいしょく》の組紐《くみひも》を渡す風習がある。蒼海色の組紐は別れた者たちが再び巡り会う目印と語られているためだ。

これは不死帝時代が終焉《しゅうえん》を迎えた日、霞を導く者が掲げた蒼海色の組紐が始まりと呼ばれている。不死帝時代に生じた文化は、形を変えても残り続けているのだ。

想《おも》いによって仮面の壊れる日は刻一刻と近づいている。

不死帝時代末期。稀色《まれいろ》を視《み》る娘の瞳には、目印の蒼海色が揺れていた。

第一章　瑠璃の仮面

澄み渡る青い空よりも、深い青。蒼海色《そうかいしょく》の宮は、霞《か》の不死帝が住まう場だ。その後殿には不死帝をはじめ限られた者しか立ち入れぬ間がある。不死帝に仕える宦官《かんがん》の多くはその間に立ち入るどころか、存在さえ知らない。それほど最奥の、秘された間。

そこに、董珠蘭《とうしゅらん》はいた。

「……劉帆《りゅうほ》」

陽の高い刻限だが、窓はないため手燭《てしょく》の明かりを頼りにするほど薄暗い。肌にぬるりと纏《まと》わり付く、じめついた空気。部屋の隅に立つ珠蘭は、おずおずと彼の背に声をかけた。

「ふふ。そんなに暗い声でなくてもいいだろうに。死ににいくわけじゃあるまいし」

振り返ることなく、楊《よう》劉帆が言った。声音は明るいが、表面的なものだろう。そう判断できるほど、珠蘭は今の状況を理解している。

「でも……劉帆が不死帝になるなんて」

「少しの間だけだよ。海真《かいしん》が動けないなら僕しかいない。興翼《こうよく》が残っていたら、違ったかもしれないけど」

楊劉帆の、太陽のように眩《まぶ》しい金の髪は、漆黒の色に染まっていた。珠蘭が着いた時には染髪は終わっていたが、部屋にはまだ鉄の匂いが残っている。

「苑月《えんげつ》もこの作業をしたのかな。あの人も、同じ髪の色だったというから」

苑月とはかつて不死帝に扮《ふん》した男の一人で、劉帆の父でもある。彼の存在は不死帝の歴史に溶け、名はもちろんのこと、劉帆という子がいたことでさえ多くの人々は知らない。

その苑月の名を、劉帆が口にしたのだ。しかし、声音に切なさや哀れみは含まれず、遠く離れた位置から眺めやるかのように乾いていた。諦念によって感情が消えたかのように。

黒髪——それは不死帝に扮する者に求められるもの。しかし、結い上げた髪を隠すような冕冠《べんかん》と、冕冠より垂れる玻璃玉《はりだま》の簾《すだれ》によって、頭部や髪はあまり見えない。そのことから不死帝候補を選出するための重要な条件ではなかった。

以前、不死帝に扮して瑪瑙《めのう》宮を訪ねた時は、他者に見えてしまうかもしれぬ部分に墨を塗っていたようだ。しかし此度《こたび》は墨ではなく、染髪を選んだ。透き通るような美しい金の髪は、黒く色を変え存在感を放っている。

(少しの間、ではないかもしれない)

髪を染めた。それは劉帆が不死帝になる日が、一時ではないことを示す。珠蘭はきゅっと唇を噛《か》んだ。

本来は兄である董海真が、不死帝に扮するはずだった。それができないのは、彼が先の事件で大怪我《おおけが》をしたためである。今は意識を取り戻しているが、怪我が癒えるまではその務めを休むこととなる。

不死帝とは霞を統べる者であり、象徴だ。百年以上も表舞台に立ち続ける不死帝にはからくりがある。体格や口元など条件が一致する者を選び、仮面をつけて不死帝とする。その者が命を落とせば次の者が不死帝となる。入れ替わりで続くものだ。

喩《たと》えるならば不死帝とは箱だ。人々が恐れる不死帝とは、豪奢《ごうしゃ》と恐怖で彩られた箱でしかなく、しかし箱の中身はころころと変わっている。外側だけを見て恐れているのだ。先日までは箱の中にいたのが海真だった。今は、劉帆に代わろうとしている。

「六賢《ろくけん》も、こうなっては立て直すのに時間がかかるからね。今は僕しかいないんだ」

劉帆が言った。六賢とは、不死帝制度を裏で支える者たちだ。政に関する事柄にはじまり不死帝候補の選定も彼らの仕事だ。この六賢は、不死帝制度の歪《ゆが》みである苑月の子・劉帆の扱いについて派閥が分かれていた。しかし六賢の中でも年長者であり賢人と慕われていた郭宝凱《かくほうがい》が暗殺され、さらに六賢の一人である于程業《うていぎょう》が失踪したのだ。このことから六賢は機能不全に陥っている。

珠蘭でさえ六賢の全容はわかっていない。六賢の方から来ない限り、珠蘭は接触することができない。これに関しては李史明《りしめい》が詳しいのだろう。史明は今日も忙しくしている。

(色々なことが、変わってしまった)

全てはあの夜に起きた事件のせいだ——時季が春であったことや、同時に三箇所で嵐のように襲撃が行われたことから春嵐《しゅんらん》事件と名がついた。郭宝凱だけでなく、瑠璃宮に訪れていた伯花妃《はくファフェイ》の姉・伯慧佳《けいか》が命を落とした。さらに瑪瑙宮も襲われ、不死帝である海真は沈《しん》花妃を庇《かば》って大怪我をし、宮女や宦官も犠牲となった。

多くの血が流れた事件だった。あの夜から霞正城《しょうじょう》はひどく静かだ。

しかしいつまでも不死帝不在ではいられない。不死帝が襲撃された噂《うわさ》は市井に届き、珍しくすぐ姿を見せない不死帝を案ずる声が上がっていた。海真は大怪我をしている。不死帝候補であった馮《ひょう》興翼も姿を消していることから、適任は劉帆しかいなかった。そのためこうして不死帝に扮するべく支度をしている。

珠蘭は複雑な心境だ。海真が不死帝となっているのはもちろん心配だった。不死帝とはあのように命を狙われることもあるためだ。だからといって劉帆が不死帝になるのも嫌だ。鮮やかな金の髪が失われて黒くなるように、珠蘭の心も黒く濁っていくような心地だ。

「珠蘭、僕なら大丈夫だよ」

考えごとに耽《ふけ》っていた珠蘭は、その声に顔をあげる。劉帆はいまだ背を向けたままだったが、まるで背に目がついているかのように、こちらの様子を見抜いていた。

「だってほら、君がいるだろう。もし何かが起きたって、君の、その稀色《まれいろ》の瞳が解決してくれる。僕はそう思っているから」

「……はい、私がいます」

そう答えながら、珠蘭は心の中で呟《つぶや》く。

（二度と、春嵐事件のような悲劇が起きないように、守りたい）

命が失われること。劉帆の手に遮られたため、稀色の瞳は絶命の瞬間を見ていない。しかし、大切な人や友人を失って涙する者たちを多く見た。あのような涙は、二度と見たくない。

よく見ると、劉帆の背はかすかに震えていた。そのことに珠蘭が気づくと同時に、劉帆の声がする。

「ははっ、やはりだめだね。僕にもう少し勇気があればいいのに。君がいるから格好つけたかったんだがなあ」

劉帆は普段通りを装っているようだったが、押し殺せなかった恐怖が手や体を震わせていた。珠蘭の前では隠しきれないと諦め、問われる前に口にしたのだろう。

（劉帆にとって、不死帝になることは恐ろしいはず……苑月のことはもちろん、たくさんの不死帝候補が命を落とす場面を見てきたのだから）

これまで劉帆は、不死帝候補でありながらも不死帝になることがなかった。彼が苑月の子であったが故だ。そしてたくさんの、不死帝に扮して命を落とす者を見送ってきたのだろう。それがついに、劉帆の番となってしまった。彼の抱える恐怖は珠蘭が思う以上だろう。

だというのに、劉帆は珠蘭に心配させまいと気遣っていたのだ。情けない声音でぼやきながらも震える背に、珠蘭の胸が苦しくなる。

「劉帆」

珠蘭は、劉帆の背をぎゅっと抱きしめていた。その行動に躊躇《ためら》いは一切なかった。

「わ、驚いた。どうしたの？　寂しくなった？」

「違います。こうしていれば勇気が出ると言っていたのは劉帆ですよ」

しっかりと覚えている。冬の頃、珠蘭が瑪瑙宮の密偵を捜していた時のこと。

「劉帆が勇気を出さなきゃいけない場面では、私から抱きしめてもらいたいと――そう話していたはずです」

「ああ……そうだった、そう話していた」

劉帆も思い出したらしく、数度頷《うなず》いている。

「さすがの記憶力だね。でももう少し動じてほしいというか恥じらってほしいというか
……君が淡泊な性格すぎるのかもしれないけど」

「効果がないのならば止めますが」

「いや。そうは言ってないよ」

苦く笑う声が鼓膜を震わせ、珠蘭の腕に劉帆の手が触れる。温かな手だ。

「ありがとう。君のおかげで、勇気が出たよ」

劉帆の手も、背も、もう震えてはいなかった。振り返りこちらに向ける表情も、いつものように微笑《ほほえ》みを浮かべている。そのことに安堵《あんど》し、珠蘭はそっと離れた。いつまでも邪魔をするわけにはいかない。

再び劉帆は支度をしている。海真の時は、劉帆が手伝っていたらしいが、今は劉帆以外の不死帝候補がいない。

(そういえば、史明はどこにいるんだろう)

劉帆に指示をもらって支度を手伝っていたが、珠蘭の心には引っかかりがあった。こういう時ならば史明が来そうなものだが、彼の姿は見当たらない。

「しばし、楊劉帆とお別れだな」

軽く告げた後、劉帆は仮面に手を伸ばした。霞の蒼天——そう讃《たた》えられる不死帝の仮面は、海のように蒼天のように濃い、瑠璃色。珠蘭の故郷で蒼海色と呼んだ色だ。

仮面が劉帆の顔を覆う。瞬間、珠蘭は息を呑《の》んでいた。

(……劉帆では、なくなる)

支度を終え、そこにいる者は楊劉帆ではなくなっていた。楊劉帆が纏っていた柔らかな空気は残っていない。ここにあるのは、ぴりぴりとした緊張感だけだ。

その口が開けば劉帆の声が聞こえるのかもしれない。その仮面を取れば劉帆の表情を見られるのかもしれない。だが、彼はそうせず、珠蘭に振り返ることなく歩を進める。

この時、楊劉帆は不死帝となった。


しばらく経《た》ってから珠蘭は部屋を出た。人目を避けるようにして瑪瑙宮に戻る。

沈花妃には瑠璃宮に行くことを話していた。表向きは瑠璃宮への届け物ということになっている。そのため、まず沈花妃の許《もと》に向かう。

「……では劉帆が、そうなるのね」

人払いされた部屋には沈花妃と珠蘭のみ。報告を聞くなり、沈花妃の表情が暗くなった。

沈花妃は今やもうこちら側の人だ。海真の件を通じて不死帝制度に触れてしまっている。

しかし六賢から接触はないだろう。そもそも六賢が、まともに機能していない。

不死帝という単語を用いずにぼかしたのは沈花妃の配慮だ。いくら瑪瑙宮といえど、話がどのように漏れていくかはわからないと、過去の一件で痛いほど学んだ。

「何事もなく、終わると良《い》いのだけれど」

「そう……ですね」

「でも複雑よ。劉帆でなくて海真ならよかったのかと聞かれると、わたくしは返事ができない。このまま海真が務めを休んでいるのなら危険に晒《さら》されないのにと思ってしまう。

……って、珠蘭の前で言うことではないわね。ごめんなさい」

「なぜ私が？」

「気づいていなかったの？　あなた、顔に出ているわよ」

咄嗟《とっさ》に珠蘭は自分の頬を手で押さえる。しかし頬の柔らかさは普段と変わらず、熱がある様子もない。変化はないのだが、沈花妃はどうして顔に出ていると言ったのか。

しかしその反応さえ、沈花妃には面白かったらしい。くすくすと笑い出してしまった。

「瑠璃宮に行く前も、戻ってきてからも落ちこんだ顔をしているわよ」

不死帝になった劉帆が危ない目に遭うかもしれないと案じている。だが、心にあるのはそれだけではない。これまでのように簡単に会えなくなることに対する寂しさも、確かにある。

そして一番、心を曇らせているのは――。

「……劉帆が、劉帆でなくなったように思えてしまいました」

心のうちで呟くつもりが、それは知らず知らずのうちに声に出ていたらしい。沈花妃は穏やかな表情で、ゆっくりと頷く。珠蘭の沈んだ心に寄り添うように。

「色々と見てきたあなただから尚更《なおさら》、そんな風に感じてしまうのでしょうね」

「すみません。こんなことを言うつもりは」

「いいのよ。珠蘭は少しぐらい、そういった気持ちを吐き出した方が良いもの」

不死帝とはただの箱だ。そうわかっていても、不死帝に扮《ふん》した劉帆を見た時、劉帆という存在が失《う》せてしまったような気がした。彼の飄々《ひょうひょう》とした語り口も、快活な表情も、すべてが箱の中に隠されてしまった。劉帆だと認識できるものが何も残っていなかった。

(記憶に、焼き付いている)

劉帆と、不死帝。すりあわせても一致しない記憶。

霞の後宮に、楊劉帆という人間はもういない。今は不死帝がいるだけだ。

「劉帆か海真のどちらか……二人がだめなら別の人が選ばれる。残酷な制度よ。誰かを犠牲にしないとこの国は成り立たないのだから。こんな制度がなければよいのにと、思ってしまうわ」

その言葉は、珠蘭にのみ聞こえる程度の声量だった。しかし沈花妃の本心だろう。呟かずにはいられなかったのかもしれない。

珠蘭にもその気持ちがよくわかる。沈花妃と同じように、不死帝制度を憎んでしまう。

(だからといって、簡単に変えられないのが……悔しい)

眦《まなじり》が滲《にじ》む。目の奥に高ぶった感情が集まっているのだ。それが涙として表に出てしまえば、沈花妃はまたしても心配するだろう。珠蘭はぐっと唇を噛《か》み、寂しいなどの負の感情を押し殺した。顔を上げ、いつも通りの顔で沈花妃に告げる。

「掃除に戻りますね」

「あら。もう少しゆっくりしてもいいと思うけど」

「外の風に触れたいので。掃き掃除してきます」

珠蘭は一礼をした後、沈花妃の許を離れた。


沈花妃が不死帝の真実に触れたのは、春嵐《しゅんらん》事件の時だ。不死帝の仮面が外れ、そこにいたのが海真だと気づいた際は動じていたが、今や落ち着いて受け止めている。

海真は目を醒《さ》ました後も高熱が続いた。今は熱も下がってきたが、絶対安静の状態だ。無理をしてまた熱を出されても困る。沈花妃は、許される限り海真の許に通っていた。不死帝であることを隠して接していた海真や劉帆、それらを知っていた珠蘭に憤る様子はなく、粛々と全てを受け止めている。

(沈花妃はすごいな)

劉帆が不死帝に扮しただけで動じている自分とは違うのだと感じ、珠蘭はため息をつく。河江《かこう》に頼んで借りた竹箒《たけぼうき》を手に、外に出てみたが沈んだ気持ちは変わらなかった。

(今頃、劉帆はどうしているだろう)

おそらくは、久方ぶりに不死帝が現れたと外廷は騒いでいるだろう。不死帝健在の噂は外廷を駆けめぐり、一気に広まるはずだ。

珠蘭は瑪瑙《めのう》宮の門前に立ち、箒で掃く。特段汚れているわけではないが、しゃりしゃりと箏の音が聞こえることと、この単調な作業が良い。ぼんやりとしていられる。春の、あちこちで色づく花々や、花の甘やかな香りをのせた風も好きだ。

その時である。遠くの方に急ぎ足の宦官《かんがん》が見えた。

（あの方角から人が来るなんて珍しい。珊瑚《さんご》宮に用があったの？　でも珊瑚宮は――）

珊瑚宮は現在無人の宮である。新たな珊瑚花妃を迎え入れようとした時期もあったが、予定していた娘は斗堯国《とぎょうこく》に連れ去られ、さらに春嵐事件が起きてしまった。珊瑚花妃については計画が頓挫し、人が来ないのなら手入れの必要もないということで、珊瑚宮は誰も近寄らぬ場所となっていた。

翡翠《ひすい》宮に向かった者が瑠璃宮に戻るなら別の道を通る。わざわざ珊瑚宮の近くを通らなくても良い。あの宦官は珊瑚宮にいたのか、もしくは珊瑚宮でも翡翠宮でもない場所――その奥にある黒宮に、いたのかもしれない。

珠蘭は彼から目が離せなかった。眉間に皺《しわ》を寄せ、その者をじっと見る。彼の身につけている袍《ほう》や背格好。そこで思い当たる人物が一人。

（あれは……史明？　慌てている？）

史明の足取りは妙に急《せ》いていた。珠蘭が声をかけようとしても追いつかないだろう。彼の姿を見送りながら考える。

（最近姿を見ないと思ったけれど。今日だって劉帆の支度を手伝っていなかった）

史明は苑月に育てられた者であり、劉帆を守るために存在している。だからなのか、史明は劉帆を不死帝にしたくなかったようだ。劉帆は表向きは不死帝候補だったが、六賢の揉《も》め事のひとつであったため永遠に候補のままで終わるはずだった。その劉帆を庇《かば》っていたのが史明である。しかし今日のように、劉帆が不死帝になると決まった以上は、本来であれば不満そうな顔で支度を手伝っていたはずではないだろうか。

(史明が後宮にいたのなら、手伝わなかった理由も腑《ふ》に落ちるけれど……どうしてだろう)

昨秋、珠蘭と劉帆が望州《ぼうしゅう》汕豊《さんほう》に向かった時、史明は反対をしなかった。劉帆曰《いわ》く『史明の雰囲気が変わった』らしい。苑月の命に従って劉帆を守ろうとするだけではなくなっていた。それでも史明のそばに六賢という縛りは存在し続けていた。

特に、春嵐事件の首謀者である于程業——彼は、史明にとって師にあたる。しかし、不要な言葉遊びを嫌う史明の性質により、師の謀叛《むほん》が史明の心にどのような影響を与えているのかはわからなかった。

(……史明は苦手だけれど、嫌な人ではない)

嫌みったらしい人間だが、沈花妃が海真を見舞う時の算段を整えたのは史明だ。ああ見えて、懐に入れた者に対しては優しいのだと思っている。いや、思いたい。

箒はとうに、動きを止めていた。瑠璃宮の方角に消えていった史明のその後はわからず、珠蘭はため息をひとつ吐いて、再び掃き掃除に専念した。

＊＊＊

数日が経った頃である。朝餉《あさげ》を終えた沈花妃が珠蘭を呼んだ。

「珠蘭に、伝えておいた方がよいと思ったのだけれど」

人払いをした部屋で、困惑した様子の沈花妃が切り出した。

「後宮に不死帝の子がいるという噂《うわさ》を聞いたのよ」

珠蘭に聞こえる程度の声量に留《とど》めたのは、真相を確かめずに噂を吹聴したくない沈花妃の意思があるのだろう。

「翡翠宮に文を届けた宮女が、この話を聞いてきたの。でも噂の出処についてはわからないらしくて」

(不死帝の子……つまり)

不死帝の子がいるという噂は真実だと珠蘭は知っている。しかしこれは秘されている情報だ。どのように返事をするべきか難しく、口を真一文字に結ぶ。

「不死帝は子を成さない。そう伝えられているから噂だとは思うけれど」

沈花妃はそこで言葉を濁した。この先を口にするのは躊躇《ためら》われたのだろう。

霞の全ての者が知る伝説によれば、不死帝とは子孫を必要としない存在であるはずだ。この噂はおかしなことである。しかし今は沈花妃も、不死帝の正体を知っている。そのため、噂が引っかかってしまう。

「……珠蘭」

沈花妃が名を呼ぶ。珠蘭の体がびくりと震えた。これまで頑《かたく》なに口を噤《つぐ》んでいたことを疑われるのかと怯《おび》えた。しかしどう反応すればよいものか。嘘《うそ》は苦手だ。いやな汗が浮かぶ。

「わ、私は……その噂については」

「いいえ。あなたは語らなくていいの」

顔をあげれば沈花妃は真《ま》っ直《す》ぐにこちらを見つめている。優しく珠蘭を見守る、穏やかな表情だ。

「わたくしは噂の真偽には興味がないの。それよりも、この噂についてあなたに伝えたかった」

噂について珠蘭の見解を求めていたのではない。そのことに珠蘭は安堵《あんど》する。

「この件について、伯花妃から話はきていないわ。あの人のことだから、噂は耳に入れていると思うけれど」

伯花妃は、春嵐事件以来、塞ぎがちになっているという。何年も焦がれていた姉と再会を果たすも、目の前で殺されてしまったのだ。心痛は察するに余りある。

沈花妃も気にかけ、たびたび文を出している。噂を耳に入れてきた宮女もその使いの時に聞いたのだろう。

「これで話はおしまいよ」

珠蘭が口を挟む隙は無く、話を終えた沈花妃はにっこりと微笑《ほほえ》んでいる。

「この後、時間はあるかしら。瑠璃宮までお使いを頼みたいのだけれど」

不死帝の子の噂という衝撃の話に呆然《ぼうぜん》としていた珠蘭だったが、この言葉にはっとする。瑠璃宮へのお使いとは、後宮の外から沈花妃宛に文や荷が届いていないかの確認だ。沈花妃は、珠蘭が瑠璃宮に向かうと考え、先回りをして瑠璃宮に行く理由を作ってくれている。

(兄様が、沈花妃を特別な人だと語っていたのが、わかる気がする)

沈花妃の近くにいると、彼女の芯の強さや優しさが垣間見《かいまみ》える。沈花妃は人を思いやれる人だ。だからこそ心が動じれば脆《もろ》さが出る。海真を想《おも》うあまり不死帝を拒み、そのために池に身を投げようとしたこともあった。

そして海真も、沈花妃を特別な存在として想っている。沈花妃の人となりを知っている今では、海真が惹《ひ》かれたのも納得だ。

「ありがとうございます」

珠蘭は退室した後、さっそく瑠璃宮に向かった。

宦官に取り次ぎを依頼しようとしたものの、誰を呼ぶかが悩ましい。劉帆は今日も不死帝に扮しているかもしれない。海真も休んでいるはずだ。となれば史明か。

先日のこともあり、史明の様子は気になるが、やはり苦手だ。心は二の足を踏んでいる。

「董珠蘭。なぜここにいるのです」

どうしたものかと考える背に声がかかる。名を呼ばれて振り返ると、李史明がいた。珠蘭に会うなり、嫌みたっぷりに眉を顰《しか》めている。

「用件は？」

「それが……妙な噂を、聞いたので……」

じりじりと睨《ね》めつけられると居心地が悪く、言葉尻も弱くなる。おずおずと見上げれば史明がより強い眼光をこちらに向けていた。

「噂など、あなたには関係ないでしょう」

「ですが、内容は……ここでは明かせませんが、少々問題になるのではと」

史明がわざとらしく、大きなため息を吐く。

「あなたが気にすることではありません。関わる必要があればこちらから連絡します」

ぴしゃりとはね除《の》けるような、冷たさ。しかし珠蘭は違和感を抱いた。

（私、遠ざけられている？）

最近は、厄介事が生じると珠蘭も同席して話し合うことが多かった。珠蘭は稀色の瞳を持ち、宮女側の視点で情報を集めることができるからだ。史明が冷ややかな態度を取っていたとしても、遠ざけられることは今までになく、だから一定の信頼はされていると自負していたのだ。

「話はありません。戻ってください」

取り付く島もない態度だ。しかし史明はだめでも、劉帆か海真の耳に届けたい。出直すべきかと迷っていると、別の者の声がした。

「珠蘭！　瑠璃宮に来ていたんだね」

現れたのは海真だった。その姿を視界に入れるなり、珠蘭の表情が綻ぶ。しかしここで兄様と呼ぶことはできないのでぐっと堪える。

「出てきて大丈夫ですか!?　休んでいなければいけないのでは」

「事が事だからね。休むわけにはいかないさ。珠蘭も、その話で来ているんだろう？」

久しぶりに見る兄は、頬がこけて痩せた印象がし、傷口に干渉しないよう帯を緩く巻いている。痛々しい姿だ。それでも起き上がり、ここに来る理由がある。海真の口ぶりからも何かが起きていることがわかる。

珠蘭は史明に視線を移した。じっと見つめると、史明が苦々しい顔をしていた。

「……では、あなたもこちらに」

そう告げ、先に瑠璃宮の奥へと歩いていく。声音から渋々といった感情が読み取れた。

史明は、ここに珠蘭を呼びたくなかったのだろう。海真が来なければ追い返されていたに違いない。

居心地の悪さを感じながらも、珠蘭も歩を進める。

いつも通りに二重扉の仕掛けがある部屋に入る。中には劉帆がいた。今日は不死帝ではなく、宦官の劉帆としての姿だ。その姿を視界に収めるなり、珠蘭はぱっと顔を明るくした。

「劉帆、久しぶりです」

「君も元気そうで何よりだ。数日ぶりだというのにしばらく会っていないような気持ちになるね」

しかし長々と語らう間はないようで、からりとした劉帆の表情もすぐに険しくなる。劉帆は皆の顔を確かめながら告げた。

「海真に珠蘭。急に呼び出して申し訳ない」

「呼び出し、ですか」

珠蘭の表情が曇る。呼び出しなど聞いていない。

「そうだよ。史明が君を呼びにいっただろう？」

すぐに、史明の表情を確かめる。しかし視線を合わせようとせず、表情もいつも通りの仏頂面だ。

（どういうことだろう。私は史明に呼び出されていない。むしろ追い返されそうだったのに）

史明に抱く違和感は、疑念へとはっきり姿を変えていた。

これについて告げるのは今ではない。珠蘭は史明の様子を窺《うかが》いながらも、劉帆の話に耳を傾けた。

「本題に入るとね、どうやら不死帝の子がいるという噂があるらしいんだ」

「私も、瑪瑙《めのう》宮でそれを聞きました」

「ということは後宮にも広まっているのだろうね。そして、これが都でも噂されているというから問題だ」

瑪瑙宮の宮女として後宮で寝泊まりをしている珠蘭は都の状況をさほど知らない。後宮を出たのは、昨秋の望州汕豊に向かった時や、伯家の屋敷《やしき》を訪ねた時ぐらいだ。

しかしこの噂が、後宮ではなく、都でも流れているとは驚きだ。

「誰が、どんな目的で噂を流しているのかは不明だ。探りを入れようにもうまく動けていない。六賢から声がかかれば動きやすいけども」

劉帆の視線が史明に向く。史明はゆっくりと頷《うなず》いた。

「厳しいでしょう。まず苑月派は瓦解している。劉帆を排除してこれまで通りに霞を守りたい保守派も、春嵐《しゅんらん》事件の裏に斗堯国が絡んでいることや、不死帝の秘密を斗堯国に知られた可能性から、方針について意見が分かれている。まあ、全員が忠誠を保っているかも怪しいところではありますね」

言葉の終わりに嘲笑が混ざる。史明が六賢についてどのように考えているのかが現れている。

「となると、この国は今にも崩壊してしまいそうだ」

「劉帆。笑い事ではないだろう」

「わかっているよ。でも、春嵐事件の爪痕の深さに、そう嘆きたくもなるさ。海真だって国の未来を思うとため息ばかりだろう?」

「それは……」

海真はそこで黙りこんでしまった。

「ともかく。新たな不死帝候補を立てるにも、都の噂《うわさ》を鎮めるにも、この状況だ。だから都でも、あのような事件が起きたんだろう」

「事件とは?」

都での事件については聞いていない。間髪容れずに問いかける珠蘭に対し、劉帆は「おや、これは知らなかったのか」と吃驚《きっきょう》した様子を見せつつも答えた。

「都に、不死帝が現れたらしい」

「え?」

ひっくり返ったような間抜けな声が漏れ出た。この反応が面白かったらしく、劉帆が笑っている。

「ははっ、そんな驚き方をするとは」

「だって都に不死帝……ありえないはずです」

「そうだよ、ありえない。その時、僕は外廷にいたのだから」

つまり、不死帝に扮《ふん》した劉帆が外廷にいた時、都にも不死帝が現れた。不死帝の真実を知る珠蘭としては、まったく信じ難い話である。

「外廷にいるのと同じ刻限に、都に不死帝が現れた。そのことから、不死帝は二人いるのではないかと外廷の者が騒ぎ、瞬く間に都まで噂が広まったらしい」

「劉帆は外廷にいたのですから、別の誰かが不死帝のふりをして都に現れたのでは？」

「僕もそう考えている。ただ動機は謎だね。単に人々を驚かせるべく不死帝のふりをしたのか、それとも何らかの悪意をもって同時刻に現れたのか……理由はわからない」

この問題に、珠蘭をはじめ皆の表情は渋くなっていた。これまでは問題が生じても後宮内がほとんどだったが、今回は都である。調べるとなれば霞正城を出なければならない。しかし放っておくわけにはいかない。解決するためには都に出なければ。

「私が都に出てはだめでしょうか？」

珠蘭はおずおずと提案した。弱い声量となったのは、後宮を出ることの難しさを理解しているためだ。

瑪瑙宮の宮女として仕えている珠蘭が霞正城を出るには名目が必要だ。望州に向かった時や伯花妃の兄と会った時は理由を用意していた。都に出て調べるとしても、劉帆などの協力がいる。提案しても簡単に動けないのが悔しいところだ。

「本当はそうしたいところだけど、今は僕が動けないからね」

「じゃあ俺が……」

「海真も無理だ。もう少し休んでからがいいと思うよ」

妹を案じてなのか海真が動こうとしたものの、すかさず劉帆に制されてしまった。しかし彼の言う通り、海真の体調では都に出るのは厳しいだろう。

(劉帆は不死帝となって忙しい。兄様も無理となると……)

動ける人物として浮かぶのは史明だ。珠蘭は史明の様子を覗《のぞ》き見るも、彼の表情は普段と変わりはない。

(劉帆が私を呼んでいたと知りながら、遠ざけようとしていたのはどうしてだろう)

史明は珠蘭を呼ぼうとしていなかった。瑠璃宮に来てからは追い払うかのような態度を取っている。その理由は考えてもわからない。

「珠蘭が都に出る件については、もう少し考えてみるよ。なんとか時間を捻出して、僕が同行したいけどね」

「話は以上で？　私はもう行きますよ」

　これ以上の結論は出ないと察したのか、冷ややかな一言を残して史明は立ち上がる。こちらを振り返らずに部屋を出てしまい、残されたのは珠蘭、劉帆と海真だ。珠蘭はまず海真のもとに寄る。

「兄様、体の具合はどうでしょうか。辛《つら》くありませんか？」

「心配性だな。大丈夫だよ、ちゃんと休んでいるから」

「沈花妃から、目を離すとすぐに兄様は起き上がろうとすると聞いていますからね。ちゃんと休むよう、私からもしっかり言ってほしいと頼まれているんです」

「なるほど。沈花妃から聞いていたのか……これは誤魔化せないな」

　海真の見舞いにいった後、沈花妃は必ず珠蘭を呼ぶ。そこで海真の様子を聞いていた。沈花妃としては実の妹である珠蘭が見舞うべきだと、負い目を感じているのだろう。珠蘭はもちろん兄を案じているが、同時に兄の気持ちも知っている。不死帝として振る舞わずにいられる今なら、二人はゆっくり会えるのではないかと考えていた。

「休め休めと言われても、ずっと横になっていたら退屈だよ。体も鈍ってしまう」

　話が筒抜けと悟り、海真は観念したらしい。沈花妃から聞く通りの状況が語られた。

「ですが大怪我《おおけが》だったんですよ。傷口は深かったのですから」

「大丈夫だって。ほら――」

そう言って、海真は腕をあげる。しかし同時に顔がひきつった。腕を動かしたことで傷口が痛んだのだろう。この表情の変化はもちろん誤魔化せない。すかさず劉帆が口を挟む。

「ま、休むしかないね。最愛の沈花妃と、目に入れても痛くない妹にこうも言われてしまえば従うしかないねえ」

「……わかったよ。大人しくする」

「珠蘭も、無理しないようにね。さっきも話したけれど霞はこの状態だ。何が起きるかわからない。僕も、今はこうなってしまったから、いつもそばにいられるとも限らない」

「大丈夫ですよ。私には稀色の瞳がありますし！」

心配する劉帆を安心させようとして言ったつもりだったが、劉帆の表情は晴れない。

「僕はそれが少し怖い。春嵐事件では、僕が君の瞳を遮ることができた。けれど僕がいない時だったら……あの惨劇を、もし君が記憶に焼き付けていたら」

言葉はそこで途切れた。劉帆は何かを考えているようだ。

それ以上語らなくなった劉帆を見かねて、海真が間に入る。

「なるべく俺も気にかけるよ。とはいえ、珠蘭も自衛しないといけないね。それでなくても珠蘭は、気になったら駆け出してしまう子だから」

ふふ、と海真が微笑《ほほえ》み、つられて珠蘭の表情も緩む。しかし劉帆はというと、相変わらず曇った顔をしていた。

***

不死帝の子がいる。その噂は、数日が経《た》っても鎮まる気配はなかった。今では瑪瑙宮だけでなく、後宮の者たちのほとんどが知っている事柄である。

春嵐事件で襲撃されてから翌日に姿を見せなかった不死帝。それがようやく外廷に現れるも、今度はこの噂である。不穏な事柄が続けば、皆の不安が煽《あお》られる。いつまた春嵐事件のような出来事が起きるかわからない、不死帝の威光が失《う》せたのだろうかと怯《おび》える宮女たちも少なくない。

(早く都に出て調べたいのに)

噂について聞くたびに気が急《せ》くものの後宮で出来ることは限られている。瑠璃宮からの連絡もないため、気をもんで待つしかない。動けぬことが悔しかった。

「何か気になることでもあったのかしら」

沈花妃に声をかけられ、珠蘭ははっと我に返る。今は沈花妃を瑠璃宮に送り届けるのだ。ぼんやりとしていたのを、沈花妃に気づかれてしまったらしい。

「すみません。考えごとをしていました」

「ちゃんと前は見るのよ？　ふらふらしていると危ないわ」

ふらついた足取りだったのだと、沈花妃に言われて悟る。転んでいれば、珠蘭が抱える数冊の書にも汚れがついたことだろう。

後宮から出られない沈花妃は瑠璃宮を通じて書を借りていた。気分転換を兼ねて沈花妃自ら返しにきた――というのはただの名目である。実際のところは、海真を見舞うためである。書の貸し借りはそれを誤魔化す隠れ蓑《みの》だ。

そうして瑠璃宮に近づくと、豪奢《ごうしゃ》な輿《こし》が出て行くのが見えた。輿の前後には瑠璃宮の宦《かん》官《がん》が列を作る。おそらく輿に乗っているのは不死帝だろう。

(劉帆は……今日もいないのか)

こうして瑠璃宮に来るたび、劉帆に会えるかもしれないと期待する。しかし、会えたのはいつぞやの噂について話し合った時だけ。やはり忙しいようだ。

「珠蘭、寂しそうね」

沈花妃が言う。

「真珠宮に通っていた時もなかなか会えず、その一件が終わってもこうして忙しいのだから、劉帆も大変ね」

劉帆が真珠宮に通っていた時は、彼が何かしらの目的を持って動いているのではないかと推察していた。だから寂しさはあれど、それよりも彼の真意が気になった。

しかし今回は寂しさの質が違う。会えない。彼の真意を知っていても、手が届かない。

物理的に距離が生じてしまったような、そんな寂寥《せきりょう》が胸にある。

不死帝の輿を見送った後、珠蘭と沈花妃は瑠璃宮に入る。出迎えたのは史明だった。沈花妃は、史明に案内されて海真の許《もと》に向かうのだろう。

「では、よろしくお願いします」

予定の刻限になったら迎えにくる。珠蘭はそのつもりでいたのだが、背を向けようとした珠蘭を史明が呼びとめた。

「董珠蘭。大事な話がありますので、そこで待っていてください」

史明の表情は変わらず、淡々とした物言いも、いつも通りだ。

命じられた通りに待っていると、沈花妃を送ってきたのだろう史明が戻ってきた。さっそく珠蘭は聞いた。

「話とは何でしょうか」

「ついてきてください」

「え、ど、どこに行くんですか？」

「黙ってついてきてください」

何度も問答をする気はないと、史明がじろりと珠蘭を睨《にら》みつける。その眼力に気圧《けお》された珠蘭は、口を引き結んで、史明の後についていった。気になることは多いが口を開けばまたしても睨まれそうだ。

向かったのは瑠璃宮にある部屋だ。こぢんまりとし、薄暗い。どうやら普段あまり使われていないらしく、木箱や書が無造作に積み上げられ、埃《ほこり》をかぶっている。

「あれに着替えてください」

ぽかんと呆《ほう》けている珠蘭の鼓膜に届くは、淡々とした史明の声である。彼は事もなげに、木箱の上に放り投げられた衣を指で示す。

「私は外で待っていますから。早く」

「え？　着替えって、これは――」

混乱して聞き返すも、史明の口が再度動くことはなく、珠蘭を残して出て行ってしまった。

着替えと言っていたような気がする。衣を手に取れば、後宮にはそぐわない質素な布を使っている。故郷の聚落《しゅうらく》にいた頃を思い出す、ごわついた手触りだ。

そして衣の横に仮面がある。目元を隠す大きさの仮面には、頭の後ろで結んで固定するための紐《ひも》がついている。不死帝や花妃が持つ仮面に比べれば地味なもので、手に取ると異様に軽い。

（着替えろと命じたのは都に出る算段をつけたのかも。となれば、劉帆と一緒に都で噂について調べられるのかも）

史明が説明不足すぎるために、珠蘭の頭はこの行動の意味を考えて忙しい。だが、久しぶりに劉帆に会えるかもしれないと思えば口元が緩む。

いそいそと着替えて部屋を出る。すると宣言通り、史明が待っていた。彼も着替えていたのか珠蘭と同じように、質素な装いとなっていた。

彼は珠蘭の姿を矯《た》めつ眇《すが》めつ眺めた後、表情を変えずに言った。

「では、行きますか」

「都ですね」

返事はなく、史明は歩き出す。振り返ろうともしない。これに違和感を抱き、珠蘭はあたりを見回す。不安げな言葉が口からこぼれた。

「劉帆は？」

遅れている珠蘭に気づいたらしく、史明が足を止める。

「来るわけがないでしょう」

「え？　でも都に行くのでは……」

「行きますよ」

声音にはだんだんと史明の苛立《いらだ》ちが混ざっていく。話の理解が遅い珠蘭に呆《あき》れているのかもしれない。

そして、わざとらしく大きなため息をついてから、史明が言った。

「都に行くのは、あなたと私です」

むすっとした表情からは、渋々決断したことがくみ取れる。珠蘭は唖然《あぜん》としていたのだが、史明はその反応にさえ興味を示さず、再び歩き出してしまった。

そうして慌てて史明の後を追いかける。手はずは済んでいるらしく、あっさりと霞正城を出る。その足取りは速く、自身よりも歩幅の小さい珠蘭を気にかけることはまったくない。

(劉帆は忙しいのかもしれないけど、史明と都に出るのは……緊張する)

自《おの》ずと珠蘭の顔つきも強張《こわば》ったものになる。

そうして都に出るまで、しかめ面をした二人組の間に会話はなかった。


霞正城も華やかでそれなりに人も多いが、静かな場所だったのだと、珠蘭は認識を改めた。それほど眼前に広がる都は、喧騒《けんそう》で満ちている。珠蘭たちが行く大通りには、大きな荷を運ぶ者に、駆け回って遊ぶ子供、小綺麗《こぎれい》な装いをした若者など様々な者たちがいる。総じて、仮面をつけている。母親に抱かれている幼い子でさえ、小さな仮面をつけて顔の半分を隠していた。

「目が回りそうですね……」

視覚を通じて流れ込む情報の多さに、珠蘭は額を押さえて俯《うつむ》く。これに史明が歩みを止めて頷《うなず》いた。

「霞正城下であるこの都は、人だけでなく様々な物も届きます。島内の品物は全てここに集まると言われるほど」

「史明は来たことがあるのですね」

史明は答えなかったが、驚く様子もないことから都に出るのは慣れているのだろう。大通りを歩くだけで左右に立ち並ぶ露店から様々な声がかかる。書を積み上げた店もあれば、金銀煌《きら》めく装飾品を並べた店もあった。湯気が立ちのぼる店に近づけば甘い香りがする。菓子を売っているようだ。

これらの店を眺めるのに忙しく、たびたび珠蘭の足が止まる。珠蘭としては初めて見るものばかりだ。

前にも一度劉帆と都に出たことがあった。伯花妃の兄に会うため屋敷《やしき》を訪ねたのだが、その時は劉帆の案内で人通りの少ない道を選んでいる。民居が立ち並ぶ閑静な通りで、大通りのような活気に満ちていなかった。そして珠蘭も考えごとに耽《ふけ》っていたため、周囲の様子を確かめる余裕はなかった。

「今日は里帰りという名目にしています」

ぽそりと史明が言った。飛び出してきた言葉に珠蘭は首を傾《かし》げる。

「里帰り？　でもそれは」

珠蘭の故郷は望州沺豊にある。ここよりは遠い望州に行くにしては随分と軽装だ。しかし史明は首を振った。

「あなたは、表向きは私の遠縁となっていたでしょう」

「あ……そうでしたね」

本来は珠蘭は海真の妹だが、諸々《もろもろ》の都合から史明の遠縁として霞正城に入っている。真実を知るのは沈花妃や伯花妃などわずかで、多くの者は知らない。

つまり、都に出るための名目として、史明は里帰りをすると話したのだろう。だから遠縁である珠蘭も連れていった、と。

(確か、史明に故郷はないはず)

少しだけ、劉帆から史明の過去を聞いたことがある。彼は奴婢《ぬひ》としてひどい扱いを受けていたはずだ。だからなのか、里帰りという言葉を口にした史明の心情が気になってしまう。

見上げても史明の表情はいつもの通りである。

(……史明と話したい)

都の様子はもちろん気になるが、史明と二人で歩くこの状況は、史明の心に触れる好機でもある。しかし人の多い今は聞いたところで答えてくれないだろう。珠蘭は諦めて、周囲を見やる。

「仮面の露店もありますね」

露店には仮面を並べた店もある。仮面の装飾は様々で、大きさも多様に揃《そろ》えている。珠蘭や史明が着けているものと同じような、質素な作りのものばかりだ。

「都の皆も仮面を着けている。後宮では外している人が多いのに」

「後宮に集められた者たちは素性が明らかになっている者が多いですから。それに比べて都は人が多く、どのような者に心を覗《のぞ》かれるかわからない」

史明の言葉に納得する。『顔《かんばせ》は腹の鏡である』と不死帝が唱えて以来、この国では仮面を用いて素顔を明かさぬようにする者が多い。

（私の故郷は、やはり特殊な地域だったのかもしれない）

劉帆と共に望州汕豊に戻った時、聚落の者たちは仮面を着けていなかった。それは不死帝ではなく斗堯国に忠誠を誓っているためだろう。霞正城に一番近いこの都では、不死帝の影響が大きく、皆は仮面を着けている。

そうして見守っていると、老婆と若い男が仮面の露店に近づいていった。老婆は仮面を着けていたが、男は仮面を着けていない。そのため目に留まってしまった。

「落として、割れてしまったからねえ」

露店の主人に、老婆が話している。どうやら男は仮面を割ってしまったらしい。その代わりを、ここで買うつもりのようだ。しかし隣にいる若い男が老婆の腕を引いていた。

「ばあちゃん、いいって」

老婆も男も痩せた体をし、特に老婆は仮面に覆われぬ部分の顔色が良くない。頑《かたく》なに露店から動かぬ老婆に、男は沈痛な面持ちで嘆く。

「俺の仮面なんて買ってる余裕ないよ。それよりも薬を買おう」

「いいんだよ。私なんかよりもあんたの方が大事だ。仮面を着けないと素顔を見られて心を覗かれてしまうよ」

老いた指先は仮面を選び、露店の店主に金子《きんす》を渡す。

(身なりは良くない。たぶん……貧しいのだろう)

男の言葉から察するに老婆の健康状態は良くない。だが、薬を買うのではなく、仮面を優先したようだ。

そのやりとりを注視していたのは珠蘭だけではなかった。

「いちいち、思い詰めてはいけませんよ」

史明も、彼らの様子を眺めている。だが憐れむ気配はなく、慣れているかのように乾いた反応だ。

「富める者もいれば、貧しい者もいる。この都では、明日の食事を捨ててでも、壊れた仮面を買い直す人が多いので」

「それほど仮面を大事にしていると?」

「ええ。霞正城に近ければ近いほど、不死帝に怯《おび》えるものです」

それを聞き、珠蘭は改めて老婆と男を見やる。

(私は……都の生活を知らなかった)

老婆と男だけではない。仮面を着けた者たちの表情は一部しか見えないとはいえ、どこか重苦しい空気を纏《まと》っている。

そして、仮面だけでない。都に出ればあちこちから不死帝の名が聞こえてくる。

「不死帝のように仮面を着けないと。相手に素顔を見られて心を覗かれてしまいますよ」

「自分の気持ちを相手に見られるのは恥ずかしいことだからね」

幼い子供に仮面を着けながら、両親らしき者たちが語りかけている。鼻や口元しか見えず、人々の表情はわからない。笑い声は聞こえず、不安を煽《あお》るように不死帝のことを語るだけだ。

(不死帝は、こんなにも都の人々に影響を与えている)

都とはもっと明るく華やかなものだと思っていたため、珠蘭はその実際の様子にひどく驚いていた。仮面で隔てているためか余所余所《よそよそ》しい会話もある。

(都のことは気になるけれど、やるべきことをやらないと)

珠蘭は彼らから視線を外し、前を向く。

都に不死帝が現れたというのは、珠蘭たちが歩く大通りの奥。都の外門近くだ。都といっても霞正城から離れた端である。

「目撃情報があったのはこの辺りですね」

ちょうどそのあたりに着いたらしく、史明が足を止める。

「不死帝は……いませんね」

「当たり前でしょう。現れれば大騒ぎになります」

確かに、と頷きながら、珠蘭はあたりを見回す。人の往来は多く、外門近くとあって荷馬車も止まっている。そういった商人たちを相手にしているのか、露店も増えている。

霞正城近くは裕福な者のゆったりとした造りの民居が多いが、都外れは民居が所狭しと並び、貧しい装いをした者が増える。だからなのか、ここにある露店のほとんどは、金銀細工よりも安価な食糧を扱っているようだ。

「待っていても不死帝が現れるとは限りませんからね。どうしますか」

史明が言う。都に出たはいいものの、何を調べれば良いのか見当はついていない。

「誰かに聞いてみますか？」

「構いませんが、正体は明かさぬよう」

霞正城から来たと明かせば、面倒なことになる。その意味は珠蘭も理解している。大丈夫だと頷いてから、近くにあった店に寄る。

（このあたりのお店なら、不死帝が現れた時に何か見ているかもしれない）

珠蘭が向かったのは青果店だった。木製の台には大きな器が置かれ、様々な果物を積み上げている。

「すみません」

声をかけると、ずんぐりとした店主の体がこちらに向き直る。彼も仮面を着けている。

「値下げ交渉ならお断りだよ」

「少しお話を聞きたいのですが、先日ここに――」

不死帝が現れたはずだ。そう切り出そうとするものの、言い終える前に珠蘭の体がどんと弾《はじ》かれた。どうやら他の客に押しのけられたらしい。見上げると無精髭《ぶしょうひげ》の男が、荒々しく店主に声をかけたところだった。

「おい、店主。李子《すもも》を十個」

「はいよ」

せっかく声をかけたのだが、割りこまれてしまった。壕《ごう》で暮らし、他者との関わりが少なかった珠蘭は、こういう時にうまく行動ができない。男から少し離れ、買い物のやりとりが終わるのを待つ。

男は史明と同じぐらいの年齢だろうか。いや、無精髭がそのような印象を与えているだけで、実際はもっと若いかもしれない。痩せているが、健康的な痩せ方に見える。腰に佩《は》いた刀も、彼がそこらにいる民とは違うという印象を与えていた。

「珠蘭」

進まぬ聞き込みに焦《じ》れたのか、史明がやってくる。

「のんびりしている暇はありません。別の店に聞いてはいかがですか」

その提案は尤《もっと》もなのだが、珠蘭はどうにも気になってしまった。

青果店の店主は、李子の山からひとつずつ手に取り、男が持ってきた麻袋に詰めていく。その数が十になったところで、男に袋を返した。

「はい。李子が十個ね」

店主は金子をもらうべく手を差し出しているが、男は金子を渡すより先に袋の中を確かめていた。そして――。

「おい！　九個しかないぞ」

男は、突然声を荒らげた。

「しかも、大きな傷がついてるぞ。この店は傷物の李子を売るのか⁉」

男の声はよく通る。近くにいた人々も何事かと足を止めるほどだ。これには仏頂面の史明も反応を示す。珠蘭の腕をぐいと引いた。

「行きましょう。離れますよ」

「待ってください」

珠蘭は史明を振り払って、その場に残る。そのうちに他の人々も集まってきて、店の周りに小さな人だかりができた。

「ちゃんと十個数えたぞ。傷のついたものも入れていない」

「あ？　じゃあ、てめえが数えてみろ」

男は乱暴に麻袋を投げつける。店主はすぐに中を確かめていたが、やはり一個足りなかったのだろう。みるみるうちに顔色が青くなる。

「こうやって誤魔化して、金を取ろうとしたのか。汚い商売だ」

男は鼻で笑い、刀を引き抜いた。

刃、そして柄の独特な紋様。ぎらりと陽光を跳ね返し、嫌な予感をまき散らす。

（……あれは、何だろう。十字に、草葉が絡みついたような紋様）

見たことのない紋様で、視線を奪われる。

「ひっ」と短い悲鳴が聞こえて、珠蘭は我に返った。

店主は腰を抜かし、その場に座りこんでいる。男は刀を店主に向けたまま、じりじりと詰め寄っていく。

「俺はてめえの不正を見抜いただけ。そうだよなあ？」

「あ……ああ……」

集まった人々も息を呑《の》む。だが誰も動こうとせず、声もあげようとしない。仮面の奥に見える皆の瞳は確実に、店主と男のやりとりを見守っているはずだというのに。

（このままでは、あの店主が斬られる）

血が流れるかもしれない。そう考えた時には、体が動いていた。

「待ってください」

珠蘭は店主を庇《かば》うように、男の前に立ち塞がる。

刀の前に立つというのは恐ろしい。血まみれの惨劇が、春嵐《しゅんらん》事件の記憶が蘇《よみがえ》りそうになる。しかしぐっと拳を握りしめて堪える。恐怖を押し殺し、男に告げた。

「言いがかりをつけるのはやめた方が良《い》いですよ」

珠蘭は、視《み》ていた。

瞳を一度閉じる。稀色の瞳に焼き付いた記憶。焼き付けたが故、後になってその場面を思い返し、違和感の正体を確かめることができる。

「はん、何が言いがかりだ。俺は李子を十個頼んだが、九個しか入っていなかった。そこまで言うならお前も袋の中を確かめてみろ」

「その必要はありません」

店主が袋に入れた李子は確かに十個あった。では一個はどこへ消えたのか。麻袋を受け取った後の、男の動きを思い出す。

「確かめるべきは、あなたの袖の中」

見開いた瞳。珠蘭の指は恐れずに、男の袖を示した。

「袖に、一個隠しましたよね」

「は……何を」

あの時、男は李子を数えるにしてはゆったりとした動きだった。やけに左手を気にしていた様子でもある。袋から取り出し、ひとつ隠したのだろう。

気づいたのはそれだけではない。刀を握る、男の指だ。

「李子の傷は、中身を数える時に傷をつけたのでしょう。右手親指の爪が汚れていますよ。麻袋の中身を確かめる前には、あなたの爪にその汚れはありませんでした」

稀色の瞳により蘇った記憶と、今の男の状態を比較する。男の右手親指は、李子の汁で汚れていた。中身を数えるふりをして、爪で傷をつけたのだろう。

「てめえ、生意気な――」

珠蘭の指摘に逆上し、男が襲いかかろうとする。しかしうまくいかなかった。動いた瞬間に、ぼとりと李子が落ちた。それは麻袋ではなく、珠蘭が指摘した袖から。

固唾《かたず》を呑んで見守る人ばかりで静かだった。だから、李子が落ちる音はよく聞こえた。

「……くそっ！」

地を転がる李子は珠蘭の指摘が正しかったことを示している。衆目を集める中、男の立場は一気に悪くなる。青果店の店主に騙《だま》された可哀想《かわいそう》な客ではなくなっていた。

もはや逃げるしかないと悟ったのだろう。男は舌打ちをし、その場から駆け出していく。

「ありがとうございます！」

男が去った後、青果店の店主がこちらにやってきた。珠蘭の両手をぐっと握り、何度も頭を下げている。

「なんとお礼を申せばよいやら。ここ最近、あのように文句をつけてくる者が多くて、ほとほと困っていたのですよ。本当に助かりました」

「いいえ、私は……気づいたのは偶然なので」

珠蘭のもとにやってきたのは店主だけではなかった。近くで露店を構える者たちも珠蘭のところにやってくる。

「いいもの見せてもらったよ！　最近、難癖を付ける客が多くてな」

「お嬢ちゃん凄《すご》いじゃないか。胸がすかっとしたよ」

「うちもあいつに荒らされたんだよ。言いがかりをつけられてね」

その話を聞く限り、難癖をつけてくる客は最近増えていたのかもしれない。青果店の店主だけでなく、他でも苦しんでいたようだ。

「お礼をさせてください。良ければあなたのお名前も――」

青果店の店主に名を問われた時だ。ぐいと、珠蘭の腕が引っ張られた。

「行きますよ」

腕を引いたのは史明だ。そして皆から珠蘭を引き剥がすように、無理やりに連れて行く。その力強さには敵《かな》わず、大通りから外れた通りに入るまで、珠蘭は引きずられるがまだった。

「都を調べるとは言いましたが、騒ぎを起こせとは言っていません」

その声音から察するに、史明は怒っているらしい。当然のことだ。先ほどまで、多くの者が珠蘭を注視していた。

「す、すみません。でもあの人が斬られると思ったらつい」

「無視すればいい。斬られたところで、あなたが騒ぐ必要はない」

「でもそれは出来ません。誰かが傷つくなんて……」

春嵐事件のことがどうしても頭から離れない。怪我《けが》をする者や命を落とす者が出るかもしれない。あの店主を大事に思う者もいるはずだ。傷つけられれば悲しむ者が出る。だから止めたかった。

しかし史明は考えが違うようだった。珠蘭が声をあげても史明に届かない。彼はより苛《いら》立《だ》った様子で告げる。

「目立ちすぎです。あのようにして、あなたが目立ってしまえば――」

そこで史明は顔をあげた。口を閉ざし、遠くの方に顔を向ける。

大通りがざわついている。先ほどの店主だろうかと、珠蘭もその方を見やる。

だが、聞こえてきたのは意外な叫びだった。

「不死帝だ！　不死帝が都にいらっしゃった！」

あの不死帝が、都に現れた。

誰かが不死帝の出現に気づき、声をあげたのだろう。それを聞きつけ、他の者たちも不死帝を一目見ようと大通りに駆けていく。

(不死帝……噂《うわさ》にあった、二人目の不死帝だ)

この刻限、不死帝に扮《ふん》した劉帆が都に来ることはない。だからなのか、史明は目を大きく見開いて驚いている。珠蘭は力強く、史明に告げた。

「私たちも行きましょう」

二人目の不死帝に会えるとは絶好の機会だ。珠蘭は意気込んでいるが、史明は違った。その足は動かず、戸惑っている。

「どうしてこの時に……いやな予感がします」

「でも、この目で直接見たい。この機を逃したらいつ現れるかわかりませんよ」

「ですが――」

「私は行きます！」

史明はまだ決めかねているようだった。珠蘭は史明の判断を待たず、駆け出す。

先ほどの店の近く。不死帝が現れたのは、前回と同じく、都と外を隔てる外門の近くだ。話を聞きつけたのか、多くの者が集まっている。皆は不死帝の姿を一目見ようとしているのだろう。人混みをかき分け、珠蘭は進む。

（いた。本当に……不死帝だ）

その姿を視界に捉えるなり、息を呑んだ。都の景色は一気に華やぎ、しかし呼吸さえも恐れるほど厳粛な空気が漂う。

陽光を浴びて、眩《まぶ》しいほどに煌《きら》めく豪奢《ごうしゃ》な装い。瑠璃色の龍袍《りゅうほう》に瑠璃色の仮面。冕冠から垂れた簾《すだれ》は、歩く度に玻璃玉《はりだま》がぶつかってしゃりしゃりと音を鳴らす。

あれは不死帝だ。

不死帝を守るように、前後を宦官《かんがん》が歩く。皆揃《そろ》って仮面を着けている。

多くの人々が集まるも、不死帝の列に近づこうとはしなかった。誰かが強いたわけでなく、自然と作られた人垣だ。手を伸ばしても届かない。何かがあっても逃げられるように。人垣と列の間に生じた距離は、それぞれが抱く畏怖の現れだ。

（不死帝も宦官も、仮面を着けている。不死帝はもちろんだけど、宦官が仮面を着けているのは初めてだ）

不死帝や花妃が仮面を着けていた場面は見ている。不死帝や花妃が揃《そろ》う茶会、招華祭《しょうかさい》のような催しでは必ず仮面を着用する。

しかし、瑠璃宮の宦官が仮面を着けた場面は見た覚えがない。劉帆が不死帝になり、輿《こし》に乗って外廷に向かった時も、前後には確かに宦官がついていたが、仮面は着けていなかった。史明が言ったように、後宮にいる者の素性は明かされているためだろう。だが都では見知らぬ多くの人々がいるために仮面を着けるのかもしれない。

(仮面のせいでわからない)

仮面がなければ不死帝や宦官らの顔を見ることができたというのに。

だが仮面で隠されているもの以外から何かを得られるかもしれない。集中して、その姿を見つめる。この不死帝は誰なのか。劉帆ではない別の者であるのなら。

稀色の瞳が彼の姿を焼き付ける。これまでの不死帝の姿を思い出す。何度も、何度も見てきた姿だ。

瞬間。視界の端で、誰か動いた。皆のように不死帝を注視するのではなく、何かを探すように首を振り、それから――何かを突き飛ばした。

(今のは……? 何かを押したように見えたけれど)

珠蘭がはっとするのと同時に、ずさりと滑るような音がした。少し遅れて、子供の泣き声。

「い、痛いよお……」

人垣から弾《はじ》かれ、不死帝の近くで幼い男の子が転んでいる。すくりと身を起こしたが膝は擦りむいて血が流れ、突然のことで頭がいっぱいなのかわんわんと甲高い泣き声を響かせていた。

すぐに母親らしき女性が飛び出した。泣く子供を引きずって道の端に避ける。しかし子供の身を案じるよりも先に、母親が手を伸ばしたのは仮面だった。転んだ拍子に紐《ひも》が外れて地に落ち、二つに割れている。それを咄嗟《とっさ》に拾って子の顔に着け、反対の手で子の頭をぐっと押さえつけた。

「も、も、申し訳ございません……」

体が震えている。不死帝の前で目立つことをしたと恐れているのだ。飛び出しただけでなく、仮面を割り、顔を晒《さら》してしまった。子供はこの恐怖を知らぬようで、頭をあげようとしていたが、またしても母親に力強く押さえつけられてしまった。

（こんなにも……恐れられている）

不死帝の前で仮面を着けぬこと。都の人々はそれほどまで不死帝を恐れているのだと珠蘭は知らなかった。後宮とは違う、都にしかない緊張感が漂っている。

不死帝は黙したまま、親子を一瞥《いちべつ》する。他の人々もしんと黙り、固唾を呑《の》んで見守っていた。珠蘭もじっと見ているしかなかった。

しゃりん、と音がする。甲高い、玻璃玉のぶつかる音だ。

一歩。不死帝が歩を進めた。迷いなく、頭《こうべ》を垂れる親子の前に向かっている。宦官らは何も言わない。不死帝を止めることもしない。不死帝だけが動くことを許されているような空間だ。

不死帝は親子の前に立つと、無理やりに頭を押さえつけられて伏す子を見下ろし――その手は腰に佩《は》いた刀へと伸びた。

（っ、まさか――）

不死帝は刀を手にし、刀身には子の姿が映っている。

母親の体は傍目《はため》に見てもわかるほど大きく震えていた。何も語らぬ不死帝の、その手にある刀が何を意味しているのか、じゅうぶんに理解したのだろう。子を守るべきか、このまま動かぬべきか。迷っているのかもしれない。

不死帝は民など眼中にない。不敬を働いたが故に、子を斬り伏せようとしている。

（これは違う）

珠蘭の瞳は見開かれていた。視界には不死帝が持つ刀。柄に独特な紋様がある。瞳で捉えたその紋様を記憶に焼き付けると同時に、珠蘭は動いた。

「やめてください！」

その声は静寂の大通りによく響いた。集まった人々の注視を浴びながら人垣を抜け、親子を庇《かば》うように不死帝の前に立つ。

仮面をつけているものの、不死帝がたじろいだように見えた。しかし構わず、珠蘭は叫ぶ。

「その子供に罪はありません」

人々がざわつく。珠蘭は振り返り、子を突き飛ばした男を睨《にら》みつけた。

「あなた。この機を狙って、子供の背を押しましたよね？」

「……え？」

他の者たちも男を見やる。男は目を泳がせていた。しかし黙っていられぬと、珠蘭を睨み返した。

「俺がそんなことをするものか！　だいたい、不死帝の前に立って物申すなんてお前は――」

「怖くありませんよ」

被《かぶ》せるように珠蘭が言う。

「この不死帝は偽者ですから」

不死帝を恐れないどころか、偽者だと語る珠蘭の姿に、人波はざわめき、大きく揺れた。不死帝の前に飛び出すのも厭《いと》わず、恐れもしない珠蘭は、異質の存在だ。皆の、好奇の視線が珠蘭に突き刺さる。

「お嬢ちゃん、どうしてこの不死帝が偽者だと言うんだい？」

臆さずに問う男がいた。あの、青果店の店主だ。彼もこの騒ぎに気づき、店を置いて不死帝を見に来ていたのだろう。

「私は後宮で、宮女として勤めていたことがあります。その時に、不死帝を見ました」

再びざわつく。不死帝を見た。その言葉は、市井の者たちにとって恐ろしいものである。

都に住む多くの民は、不死帝の姿を目に焼き付けることなくその生を終える。だから今日も、不死帝が現れたと聞けば、一目見ようと人が集まるほど、彼らにとっては珍しい。

「確かに御召し物は似ています。けれど、はっきりと違うものがある」

不死帝は動じず、そこに立ち尽くしていた。珠蘭の話に耳を傾けていたのだろう。

指で示す。珠蘭の指先は、不死帝が持つ刀に向いた。

「あの刀は本当の不死帝が持つものと違います。柄の紋様は、先ほどあなたの店にいた方が持っていたものと同じ。十字に、草葉が絡みついたような紋様」

「なんだって……じゃあ、うちの店で難癖をつけた男と同じだと？」

珠蘭はしっかりと頷《うなず》いた。不死帝が持つ刀の紋様とは異なる。劉帆が支度をしている時に見ていたが装飾はもっと豪華であった。それに比べ、眼前の偽者が持つ刀は青果店で男が持ち出した刀と同じ紋様だ。

この不死帝を偽者だと断定する理由は刀の紋様だけではない。珠蘭は偽者を睨《ね》めつけ、告げる。

「私が知る不死帝は、飛び出してきた子供を斬ろうなどとはしません」

劉帆でも海真でも。不死帝の威光を守ろうとしても、別の手段を取るはずだ。皆の前で見せつけるように子供を斬ろうなどとはしない。

不死帝には心がある。皆は不死帝という外側だけしか知らないが、珠蘭はその中にいる者たちの心を、その温かさを知っている。

これらの話に、人々はざわつき、けれど答えは出せないようだった。珠蘭が語るものは主観にすぎない。判断するには少々情報が足りなかった。

「おい、連れてきたぞ！」

珠蘭を後押しするかのように、他の声がした。その方を見やれば、青果店近くに集まっていた者たちだ。彼らの間には、先ほど青果店で難癖をつけていた男がいるものの、手は縄で縛られている。

おそらくは珠蘭と史明がいなくなった後に、男を捕らえたのだろう。難癖をつけていた男はばつが悪そうに舌打ちをしている。

「捕らえたんですね。よかったです」

「お嬢ちゃんが言うには、不死帝が持つ刀とこの男が持つ刀は同じなんだろう？」

「はい。確かめてください」

青果店の店主が男に近づく。そして懐から刀を奪うと、珠蘭に差し出した。

（やっぱり同じだ。ではなぜ同じなのだろう）

理由はわからないが、同一という事実は変わらない。珠蘭はその刀を高く掲げた。

「この不死帝が持つ刀には、これと同じ紋様が入っています！　本物の不死帝が持つ刀ではありません。だから――ここにいる不死帝は偽者です」

喚声があがる。皆して珠蘭が掲げた刀の紋様を確かめようと凝視している。さらに青果店の店主や、先のやりとりを見ていた者たちも声をあげた。

「皆、信じてくれ！　さっきこの人に助けてもらったんだ」

「お嬢ちゃんが言うんだからこいつは偽者だ！」

他の人々は皆、珠蘭に注目していた。信じるべきか否か。信じるのならばここにいる不死帝は、偽者になる。

その注目を浴びながら、珠蘭は考える。

（あの不死帝は偽者だけれど、本物に似ていた。あれほど上手《うま》く不死帝になれるのなら──）

気になるのは偽者の正体だ。しかし珠蘭が見る限り、本物の不死帝によく似ていた。刀の紋様など些細《ささい》な誤りだけで、龍袍の紋様や歩き方、背丈など不死帝に扮《ふん》するための条件は一致している。

（本物の不死帝を知っている。いや、不死帝に扮する術を知っていないとできない）

だがこの刻限、劉帆や海真は霞正城にいる。となれば思い当たるのは一人。その結論に至ると、都の人々から視線を剥がした。偽者の不死帝と向き合うつもりで振り返るも──

偽者の不死帝は消えていた。

「……いない？」

そこにいたはずの不死帝が、忽然《こつぜん》と姿を消している。

迂闊《うかつ》だった。珠蘭は集まった人々に説明するのに忙しく、偽者への注意は疎《おろそ》かだった。

ならばと、不死帝の近くにいた人物に問う。頭を下げていた親子だ。

「不死帝はどこに行ったのでしょう？」

「す、すみません……お話に聞き入っていたので、何も見ていなくて」

目撃者はいないかと探す。しかし誰も声をあげなかった。

（皆が、私に注目していたから誰も見ていなかった……でもそれにしては綺麗《きれい》に消えすぎている）

どのようにいなくなったのか、どこに消えたのかもわからない。消えたのは不死帝のみで宦官《かんがん》らは残されている。しかし彼らは混乱し、不死帝を探すように右往左往しては、逃げるように駆けていく。その行き先は、霞正城側に駆ける者もいれば、外門に行く者もいる。散らばると言った方が正しいかもしれない。

「偽者だから消えてしまったのよ」

誰かが言った。

「あのお嬢ちゃんが正しかったから、消えちまったんだ」

「お嬢ちゃんが偽者を曝《あば》いた！」

一人が言えば、次々と。集まった人々は珠蘭を讃《たた》える。気づけば珠蘭は人々に囲まれていた。宦官らが消えた方を睨みつけていた視界に、あの親子が映りこむ。

「助けていただいてありがとうございました」

母親は恐怖から解き放たれた安堵《あんど》で涙を流し、深く礼をしていた。

「私も、そしてこの子も……助からないと覚悟をしていました。本当にありがとうございます」

「気にしないでください。当然のことをしたまでですから」

珠蘭は身を屈《かが》め、母の隣に立つ子と目線を合わせる。

「膝の怪我《けが》、大丈夫ですか？」

「うん……おねえちゃん、ありがとう」

「あなたが斬られなくてよかった」

海神《かいじん》の贄姫《にえひめ》として暮らす日々が長かったため、子供との接し方はよくわからない。しかしふと、劉帆に頭を撫《な》でられたことを思い出した。あれは安心する。

子供の怪我が早く癒えるよう。ざわついた心が静まるよう。願いをこめて、子の頭を優しく撫でた。

「……荀黄鵬《じゅんおうほう》が帰ってきたみたいだ」

それらのやりとりを見ていた誰かが、ぽつりと言った。

荀黄鵬。その名を初めて聞く。人違いだと思ったものの、それを口にする間はなく、一人が言えば次々と語り出す。

「本当に、荀黄鵬みたいね」

「俺たちの荀黄鵬だ」

荀黄鵬とは誰なのか。男性の名のように思えるが、なぜ珠蘭が似ていると語られるのか。霞正城では一度も聞いたことがない。しかし、都の人々の多くは、その名を知っているようである。

「荀黄鵬とはどなたでしょう」

独り言に似た呟《つぶや》きに、子供の母親が答えた。

「心根優しく、困る人がいれば駆け付け、卓越した武の力で人々を助けた。都の英雄です」

英雄と称される荀黄鵬。彼が気になり、叶《かな》うならば会ってみたいものだと思った。だが彼の所在を聞こうとした珠蘭の体は、ぐいと引っ張られる。

「珠蘭！」

史明だ。彼は人波をかき分け、中心にいる珠蘭のもとに辿《たど》り着いたらしい。史明は珠蘭の腕を摑《つか》むと有無を言わさず引っ張っていく。その形相には焦りと苛立《いらだ》ちが滲《にじ》んでいた。

「史明、待ってください」

声をかけるも史明は止まる気配がなく、再び人の波をかき分けて進んでいく。青果店の店主や親子に別れを告げる間も許されず、珠蘭は大通りを離れることとなった。

大通りから随分と離れ、ようやく人気のない場所についたところで史明が手を離した。見るからに怒っている。その理由は珠蘭があの場で偽者の不死帝を曝いて注目を浴びたためだろう。

「目立ちすぎです」

「黙って見ていればよかったのに。どうして騒ぎを起こす」

「すみません。でも、あの子が斬られると思えば、黙っていられませんでした」

史明は大きなため息をつき、額を押さえている。

珠蘭自身も、最近の自らの行動に違和感を抱いていた。

(誰かが怪我をする。血を流す。そう思うと体が動いてしまう)

春嵐《しゅんらん》事件の記憶は根深く残り、珠蘭の心を蝕《むしば》んでいる。二度と、あのような悲劇を生みたくないという気持ちが、珠蘭を動かしていた。

(人が傷つく場面は……怖い)

ぎゅっと手を握りしめる。史明には怒られたものの、青果店の店主や親子など、誰かを救えたことはよかった。

そして、都に現れた不死帝が偽者であると判明したのも大きな収穫だ。正体を曝くまでは至らなかったが、じゅうぶんな情報は得られたと思いたい。

しかしあの偽者はどこへ消えたのか。珠蘭は顔をあげ、史明に問う。

「史明は、偽者の不死帝の行方を見ていましたか？」

「……いえ。それよりも霞正城に戻りますよ」

なぜか史明の言葉は歯切れが悪い。霞正城に戻ると告げる姿には焦りが感じられる。

この噂《うわさ》の調査をするはずだ。偽者と判明したことは喜ばしいはずだが、表情から察するに史明は異なるらしい。

（きっと劉帆や海真ならば喜ぶ。なのに史明は違う）

史明は霞正城へと歩き出している。その足取りは速く、都に出た時よりも急いでいる。

珠蘭は慌てて史明を追いかけた。そして、抱いた疑念をぶつける。

「史明は……何かを知っているんですか？」

噂の真相を曝こうという意志が、史明から感じられない。珠蘭を連れて都に来たのも、断り切れず仕方なく来たように見える。偽者の不死帝が現れた時もそうだった。噂の真相を曝きたいのならば、駆け付けただろう。しかし史明は動かなかった。

珠蘭の問いかけを聞き入れたのか、史明の歩みが遅くなる。隣に並ぶと、史明は小さな声で呟いた。

「あなたは面倒な人だ」

どんな答えが返って来るのかと思いきや、嘆息まじりの嫌みである。顔を引きつらせる珠蘭に、史明は続ける。

「正直なところ、私はあなたも、あなたの直向《ひたむ》きさも羨ましい」

だがどうしてか、いつものような嫌みではない。見れば、史明の横顔は悲しげな色を浮かべている。

「羨ましい……そんな風に考えていたんですね」

「私も人ですからね。多少の羨望は抱きますよ。人の心を理解しようとし、こちらに見返りがないとわかっていても躊躇《ためら》わずに他者を助ける。私には理解できない猪突《ちょとつ》猛進な生き物です」

珠蘭は苦笑いを返すことしかできなかった。都での出来事は、猪突猛進と言われても仕方のないものばかりである。

「劉帆のため、海真のため。見返りなく、人を信じて動く。裏切られることを恐れる素振りもない。それが……羨ましい」

「史明は誰かに裏切られたんですか？」

その問いかけは史明の歩みを止めた。彼は眉間に皺《しわ》を寄せ、うんざりだとばかりに顔を顰《しか》めてこちらを見ている。

「そうやって正面から聞き、相手の心を理解しようとする。だから、あなたが苦手です」

余計な質問をしてしまったと反省し、珠蘭は詫《わ》びようとした。だがそれより先に、史明が言う。

「今日は里帰りという名目ですからね。霞正城に戻るまで、昔話に付き合ってください」

再び怒られるかと思いきや、その口から出てきた意外な言葉と共に史明が歩き出す。珠蘭が小走りに駆けて隣に並ぶと、史明が続けた。

「もしかすると、聞いたことがあるかもしれませんが。私は苑月様に拾われた身です」

珠蘭は息を呑《の》む。これまで史明と言葉を交わしても、彼の過去について触れる機会は少なかった。苑月や六賢のことも、史明の口は重たく、必要以上のことを語らない。

史明の様子を窺《うかが》うも、彼はいつも通り眉間に皺を寄せ、不機嫌な顔つきである。だが険は感じられず、このまま彼の言葉を聞いてもよいと許されているようでもあった。

「奴婢《ぬひ》だった私は、宦官見習いとして売られました。そのような出自の者は霞正城に来たところで扱いはひどいものです。人ではなく物にすぎず、罪をなすりつける時には良《い》い道具となる」

ぱき、と音が鳴った。史明が落ちていた小枝を踏んだらしい。大通りから外れ、人通りの少ない道を歩いているため、音がよく聞こえる。

けれど史明の視線は前を向いたまま、足元に落ちることもない。動きのない虚《うつ》ろな瞳は、諦念と呼んだ方が似合う。

「しかし、苑月様が手を差し伸べてくれた。この出自を捨て、李史明として生まれ変わる。覚悟があるならば霞の真実に触れてほしい――苑月様は真《ま》っ直《す》ぐな瞳で、そう言いました。私は幼かったので、苑月様の眩《まぶ》しさに気づかず、その手を取りました」

苑月はその時には不死帝候補だったのか、それとも不死帝になっていたのか。史明が語る以上の背景は珠蘭にはわからない。はっきりしているのは、史明の語り口には苑月への感謝が込められていることだ。

「その頃には劉帆が生まれていました。苑月様は、私が劉帆の庇護者《ひごしゃ》となるよう、これより二分される六賢から劉帆を守るべく私を救った。それでも私は嬉《うれ》しかった。強制的に浄身させられ、霞正城ではひどい扱いを受け、そんな空虚な私に生きる目的ができた。苑月様と晏銀揺《あんぎんよう》様の恋路を、劉帆を、すべてを守るつもりでいました。その先は、あなたも存じていると思いますが」

かつて不死帝だった苑月と、翡翠《ひすい》花妃だった晏銀揺の密《ひそ》やかな恋愛の話は、珠蘭の記憶にも残っている。二人が至った悲劇を、史明は近くで見てきたのだろう。

「苑月様を失っても、私の役目は変わらない。劉帆を守る。霞正城という、小さな光も眩しく思えるほど暗い場所で、劉帆と共にいる。それが私の為《な》すべきことでした――でも、あなたが変えてしまった。私と同じ暗闇にいた劉帆を、あなたが引きずり出した」

「私が引きずり出した……？　自覚はありませんが」

「劉帆はあなたに出会い、霞を変えたいと言い始めた。私が嫌う、眩しい場所に行こうとしている。あなたが劉帆を変えてしまった」

史明はそれを悪いことのように語っているが、珠蘭にはどうにも悪いことと思えない。劉帆は前を向いている。それが史明はいやなのだろうか。

「劉帆に変わってほしくなかったんですね」

「劉帆がそのように歩き始めれば、私の役目がなくなる。李史明が存在する意味がなくなる。けれどそう悩んでいるうちに、事態は変わった。劉帆は不死帝になり、不死帝の子という流れてはいけない噂も広まっている」

史明の横顔は、何かに悩んでいるようだった。史明にしては珍しい表情だ。彼はあまり、そういった内面を表に出さない。

(李史明が存在する意味……か)

苑月には劉帆を守るようにと命じられ、しかし春嵐事件の後に劉帆は不死帝となってしまった。史明にとっては複雑なのだろう。

後宮に来てからを思い返す。劉帆はもちろんだが、史明も変わったように思える。かつて晏銀揺について調べていた珠蘭に刀を向けてでも止めようとしていた史明が、今はこうして過去を打ち明けているのだから。

「史明も……変わったのだと思います」

正直に、珠蘭は告げる。

「どんな過去があったとしても、役目がなくなったとしても、ここにいるのは李史明だと思います。存在する意味はちゃんとあります」

「どうでしょうね。私は、自分が変わったとは思えませんが」

「いいえ。私は見てきました」

霞正城に来てから今日まで。史明の冷たい態度は変わらないが、言葉にせずとも信頼はされているのだと感じている。そして、史明がいつも劉帆のことを案じて動いていることも知っている。

「苑月や六賢に従うだけの史明ではなくなった。劉帆だけでなく、史明も変わりました。だから今、史明は何かに悩んで……それで私に話してくれているのだと、思っていますが」

「私に、悩みごとがあると?」

おそるおそる珠蘭は頷《うなず》く。

史明はこの言葉をどのように呑《の》みこむだろうか。怖々ながらも返事を待つが、史明はなかなか語らなかった。口を引き結び、何かを考えている。

しばし待ってようやく、史明がため息をついた。

「本当に、あなたが苦手です」

「すみません。余計なことを言ったかもしれません」

「ええ。まったくです。私は、あなたのそういう莫迦《ばか》正直なところや、真っ直ぐなところが苦手だ。あなたも海真も劉帆も、どうしたって真っ直ぐに向き合おうとしてくる。本当に腹が立つ」

次々と繰り出される言葉に、珠蘭は顔を引きつらせていた。言わなければよかった。そう後悔するも遅い。

「まあ仕方ありません。悩みごとがあるとは認めたくありませんが、昔話はもう少し続けてもよいかもしれませんね」

史明の機嫌を損ねてしまったと思っていたが、彼の口ぶりを聞くにそうではないようだ。こちらを見ず、独り言のように史明が小さな声で語る。

「不死帝として存在する限りいつ殺されるかわからない。その覚悟をしていた苑月様は、六賢の中で最も信頼している者——于程業を私の師に選びました。苑月様がいなくなっても私が劉帆の盾となる務めを忘れないように、つまりは監視です」

春嵐事件の首謀者である于程業。彼がしたことは到底許されないものだし、動機もわからない。于程業の語り口は雲のようで、真意を摑《つか》もうとしても摑めなかったためだ。だからなのか、史明の目線で語られる于程業に興味が湧いた。

「于程業がしたことは存じていますが、それでも私の師。あの人の心が壊れてしまったのを、私は知っています」

「壊れて……しまった？」

「師が許されないことをしたのはわかっています。私も師を許すつもりはない。けれど──長く接しすぎたのでしょうね。私は師が哀れだと思っています」

史明は項垂《うなだ》れ、次の言葉までは間が生じた。それを口にするべきかどうか迷っているのだ。

そして、意を決したかのように目を瞑《つぶ》り、ゆるゆると呟《つぶや》く。

「荀黄鵬──師の心を読み解きたいのなら、その名に触れざるを得ないでしょう」

「それって、さっき都の人々が言っていた名では」

「どうでしょうね。これ以上は私から語るのではなく、あなたがその目で見た方が良いのかも知れません。私は師を通じた彼のことしか知らないので」

都の人々に語られる英雄。それがまさか于程業と繋《つな》がっているとは思いもしなかった。

(史明は……于程業のことを完全に嫌っているわけではない)

これまでに積み上げてきた史明と于程業の関係。それが故に、于程業の行動に史明は苦しみ、悩んでいるのかもしれない。

考えこむ珠蘭に、史明は自嘲気味に笑った。

「あなたにこんな話をするとは。あなたの言う通り、私も変わってしまったのかもしれませんね」

「変わったと、私は思います」

史明の過去は語る以上に重く、苦しいものが多いのだろう。そして今も、史明の行動を縛り付けている。けれど、史明は変わった。六賢に従うだけや、苑月の命を守るためだけではなく、李史明としてやりたいことがある。だから悩んでいるのだと珠蘭は考える。

「誰かに命じられるのではなく、李史明の心のままに行動してみても良いと……私は思います」

素直に告げると、史明は苦笑した。

「偉そうなことを言いますね」

素っ気ない言葉だが、なぜか柔らかさを感じる。一連の話を終え、史明の心にあるものが少しだけ軽くなったのかもしれない。そうであってほしいと、珠蘭は願う。

(史明の行動には意味がある。私を瑠璃宮から追い返そうとしていたのもきっと、史明なりに理由があるはずだ)

今なら聞けば教えてくれるだろうか。珠蘭は意を決して問う。

「あの……先日、私を瑠璃宮から追い返そうとしていたのも、意味があるんですよね」

その問いかけに、史明はすぐに答えてはくれなかった。

彼がようやく口を動かしたのは、霞正城に戻ってきてからである。

「珠蘭。気をつけてください」

「え？　気をつけるとは――」

「行きますよ。無駄話は終わりです」

仔細《しさい》を問うことはできず、史明はすたすたと先を歩いてしまった。

それから瑠璃宮に戻るまでの間、史明が口を開くことはなく、彼が残した言葉は珠蘭の心に引っかかったままだった。

＊＊＊

都に出た翌日のことだ。史明が呼びにきたため、珠蘭は瑠璃宮に向かった。劉帆は髪を染めてしまったため瑠璃宮から出なくなり、呼びにくるのは史明が多い。

とはいえ瑠璃宮に向かう道中は相変わらず無愛想で言葉を交わすこともない。二人は淡々と歩みを進め、瑠璃宮の奥にある、いつもの部屋に入った。

「すまないね。急に呼び出してしまって」

中で待っていたのは劉帆だ。史明は珠蘭を案内するなり、黙したまま去っていく。

部屋に残されたのが二人きりとなったところで、劉帆は詰めていた息を吐き、表情を和らげた。

「やっとゆっくり君に会えた。のんびり話す時間が取りたくても難しい。史明に頼んで、君を連れてきてもらった」

「劉帆は、少し痩せましたか？　顔色が良くありませんが」

「おかげさまで。不死帝ってのは想像以上に心労が多い」

　これまでよりも痩せた劉帆の顔を見るに、日々大変なのだろう。だが珠蘭を不安にさせまいと、無理をして笑っているのかもしれない。

「本当は君と一緒に都に行きたかったんだけど、結局叶《かな》わなかった。史明と一緒は疲れただろう？」

「それは……否定しませんが。でも都で様々なものを見てきました」

　霞正城にいる間は知らなかっただろう、都の人々。そして二人目の不死帝。これについては劉帆も史明から話を聞いていたのかもしれない。真剣な顔つきになる。

「二人目の不死帝と遭遇したらしいね。珠蘭が騒ぎを起こしたと聞いたよ」

「傷つけられそうな人がいたから、見たままを明かしただけです。ですが偽者には逃げられてしまいました」

「君から見て、偽者の不死帝はどうだった？」

　問われ、珠蘭は瞳を閉じて思い返す。

　稀色の記憶に焼き付いた、偽者の不死帝の姿。刀の紋様と細かなもの以外は似ていたように思う。

「恐ろしいほど似ていました」

「となると……不死帝の作り方を知っている人物が、関わっているかもしれないね」

不死帝になるための術。それを知るのは、六賢や史明、劉帆と海真など限られた者たちだ。だがもう一人いる。かつての不死帝候補で、霞正城から消えた者。

「私は、興翼が絡んでいるのかと思いました」

珠蘭は思い浮かぶその名を告げる。馮興翼は不死帝という箱がどのように作られているのかを知っている。

「僕も、そう考えている。偽者の不死帝が、本物の不死帝にそっくりだと君が言うのならばなおさら、興翼が関わっているとしか思えない」

「そうなると、この偽者の不死帝騒動には……斗堯国が絡んでいる」

興翼は己れの正体が斗堯国の皇子だと明かしていた。不死帝を探るために忍び込んでいたのだ。もしも偽者の不死帝に興翼が絡んでいるのなら、斗堯国が何らかの意図をもって騒ぎを起こしていると考えられる。

「斗堯国が裏にいるとなれば、斗堯国と繋がりを持っていた于程業も……いるのだろうね」

劉帆の推測に、珠蘭は頷く。

偽者の不死帝には、興翼や斗堯国が絡んでいる。そうなると引っかかるものがもう一つ。

（では、あの刀の紋様は……露店で騒ぎを起こしていた人も斗堯国の者？）

口には出さなかったが、どうしても刀の紋様の一致が引っかかる。もしも推測通りに斗堯国の者だとするなら、なぜ露店で騒ぎを起こすのか。

（人々の不安を煽《あお》るような、そんな騒ぎ方だったけれど）

偽者の不死帝の前に、子供を突き飛ばした者もいた。都は、珠蘭が思う以上に治安が良くないのかもしれない。

「偽者については薄《うっす》らと正体が見えたけど、あとは後宮で広まる噂《うわさ》か」

「不死帝の子……あれは劉帆のことでしょうか？」

「わからない。都に現れた不死帝のことから誰かがそう考えたのかもしれないし、僕の出自に気づいた者がいるのかもしれない」

劉帆は広げた自らの手のひらに視線を落とした。

「誰かが僕に気づいた。そう考えると怖くなる。隠れていたはずなのに、急に光が当たってしまったような、そんな気持ちだ」

春嵐《しゅんらん》事件から劉帆の環境は大きく変わっている。不死帝になり、不死帝の子という噂も流れ、心の中は穏やかではないだろう。

「この噂によって、後宮はあまり良《い》い状況と言えない」

「そうですね。皆が噂していています。瑪瑙《めのう》宮は沈花妃のおかげで落ち着いていますが、他の宮はどうなっているやら」

「何とかしたいところではあるけど、今は斗堯国が絡んでいるだろう偽者の不死帝が優先だな」

劉帆はため息をついて、額を押さえている。後宮での噂に、二人目の不死帝など考えることが多いのだ。

「引き続き後宮の様子を注視しますね」

「頼むよ――でも待って、話はこれだけじゃないんだ」

他にも話す事柄があっただろうか。首を傾《かし》げている珠蘭だったが、劉帆は立ち上がるとこちらにやってくる。

「君に贈り物を渡そうと思って。久しぶりだろう？」

からからと笑って、劉帆は枯緑《クーリュー》色の包みを取り出す。珠蘭の瞳には枯緑色にしか映らないため実際の色はわからない。

「甜糖豆《テンタントウ》ですね、ありがとうございます。ちょうど食べたかったんです」

「ははっ。なるほど、さすが珠蘭――と言いたいところだけど」

その反応を見るに、甜糖豆ではなさそうだ。確かにいつもの甜糖豆の包みにしては少々平べったい。渡された包みを手のひらにのせ、珠蘭はじっと観察する。

「開けてみて」

　このままでは観察するだけだと気づいたのだろう。劉帆が苦笑いをして急《せ》かす。

　包みを開けると、中から出てきたのは蒼海色の組紐《くみひも》だった。紐の端には木製の丸い飾りもついている。組紐を手に取って固まる珠蘭に、劉帆が笑った。

「食べ物ではないよ」

「し、知っています！　それぐらいは見分けがつきます！」

「どうかなあ。真っ先に甜糖豆と言った君だからねえ」

　あの流れでは甜糖豆を貰《もら》えるのかと思ってしまうのも仕方のないことだ。しかしこう揶揄《からか》われると恥ずかしい。

「それはね、君の髪に似合うと思ったんだ――ほら、見て」

　劉帆は自分の髪を見せる。黒く染めた髪はいつものように束ねられているが、それを束ねるのは珠蘭が持つものと同じ組紐だった。

「君とお揃《そろ》いなんだ。この色なら、君も判別できるだろう？」

「蒼海色ですね」

「君が見える色の贈り物を探していたけど、良いのがなくてね。それが今は悠長に探している場合じゃなくなった。僕はいつどうなるかわからないからね、後悔する前に贈りたかった」

劉帆の髪についている組紐を見ていると、手のひらにある組紐が尊い存在に思えてくる。同じものであるのに、どうしてこんなにも喜ばしい気持ちになるのか。顔が綻んでしまう。

「ありがとうございます」

「いい笑顔だ――じゃあ、後ろを向いて。髪につけるよ」

組紐を渡し、珠蘭は背を向ける。

髪がごそごそと揺れる。劉帆が組紐をつけようとしているのだが、なかなか時間がかかっていた。

「うん……女人の髪につけるのは難しいね」

「あ、では自分でやりましょうか」

「いやだ。これは僕が贈ったんだ」

組紐を結ぶ程度なら自分でも出来るのだが、劉帆は頑《かたく》なな態度だ。そうなると劉帆に任せ、終わるのを待つしかない。

「あ」

驚いたような劉帆の声がひとつ。同時にぱさりと、組紐が落ちた。おそらく、うまく結べずに落ちたのだろう。珠蘭が拾い上げると、落胆したように劉帆が言った。

「ごめん。実は女人にこういった贈り物をするのも、髪に結ぶのも初めてなんだ。汚れてしまっただろう、新しいのを用意するよ」

「いえ、構いません」

劉帆が言うほど組紐は汚れていない。組紐を拾い上げて、劉帆に渡す。

「劉帆に頂いたものが嬉《うれ》しいので、これがいいです。だからお願いします」

そしてもう一度、劉帆が組紐を髪に結ぶ。今度はさほど時間がかからなかった。

「うん。できたよ。やっぱり君に似合う」

「ありがとうございます。大事にしますね」

「僕も同じものを着けているから。ほら、いつか話しただろう」

劉帆は自分の髪に着けた組紐を指でとんとんと示す。

「『困った時があれば瑠璃色に逃げてくればいい』——前は瑠璃宮を見上げて言ったけれど、今度はこの組紐にも使えるね」

瑠璃色、それは珠蘭の瞳でも認識できる蒼海色。その色を目印に逃げるという話だった。

それを思い出し、珠蘭が問う。

「では今度は瑠璃宮ではなく劉帆のもとに逃げろと？」

「そういうことだ」

満面の笑みで劉帆は頷《うなず》いていた。けれどすぐに、切なげに俯《うつむ》いてしまう。

「……この状況だから、お互い何が起きるかわからないだろう？」

霞正城は揺れている。斗堯国という脅威が迫っているとわかっていても、出来ることが少ない。何事も起きないのを願って過ごすだけの日々がもどかしい。

「稀色の世……というのは遠いものだね。霞の安定を思えばこの件を解決すべきかもしれない。でも僕が目指す稀色の世のために、解決して良いのだろうかと思う時がある。理想が大きいゆえ、行動は難しい」

そう語るも、劉帆はなぜか穏やかに微笑《ほほえ》んでこちらを見つめていた。

「どうしたらいいのか迷っている。でもひとつだけ、わかっていることがある」

「それは、何でしょう？」

「君を守りたい」

劉帆の手が、珠蘭の髪に触れた。慈しむように撫《な》でながら、唇は柔らかに言葉を紡ぐ。

「絶対に君だけは傷つけさせない。これだけは揺るぎない僕の気持ちだ」

その言葉が嬉しく、心にしみていく。

「稀色の世がきた時、君に話したいことがあると言っていただろう？　だからその時は君が隣にいなければならない。つまり僕は、君が傷つかないよう守らなきゃいけないわけだ」

軽い口調ではあるが、真剣に話していると伝わってくる。

守るとは重い言葉だ。そして劉帆も、その重みを知りながら、ここで口にしているのだろう。それほど劉帆は強く、珠蘭を大切に想《おも》っている。

嬉しいと、感じている。けれど守られるだけではだめだ。珠蘭は微笑み、劉帆に告げる。

「私だって劉帆を守りたいです」

「ううん。君はやっぱり真面目だね」

劉帆は苦笑していた。劉帆を守ると意気込む珠蘭を宥《なだ》めるように、ぽんぽんと頭を優しく撫でる。

「ありがとう。本当に、君に会えてよかったよ」

交差する視線と、鼓膜をくすぐる声。劉帆の髪を結う蒼海色の組紐が視界に入っても、珠蘭の意識は劉帆に向いたままだった。

（……顔が、熱い）

なぜだろうか。劉帆のまなざしを浴びていると面映《おもは》ゆい心地になる。頬がじりじりと熱くなっていく。

「劉帆。そろそろ時間です」

ふわふわと浮いた思考に割りこむのは史明の声だ。はっとして振り返れば、劉帆を呼びにきたのだろう史明がいる。珠蘭は慌てて顔をそむけた。

「で、では私は戻ります！」

劉帆を直視できず、沸き上がる羞恥心から逃げるように歩く。この羞恥心は甘やかな感情を秘めているのだが、自らの心と向き合う余裕は珠蘭になかった。

劉帆は夕刻から不死帝として外廷に出るらしく、瑠璃宮を出るも、見送りは誰もいなかった。

珠蘭は瑪瑙宮《めのう》への道のりを一人で歩く。劉帆に会えたのは嬉しいが、少々心配にもなる。

（不死帝は……いつ命を狙われるかわからない）

人が死ぬ場面を珠蘭は見ていない。遺体も、話で聞くのみで稀色の瞳がそれを捉えたことはなかった。記憶されていない未知なるものであるが故に恐ろしい。それが、今度は劉帆かもしれないと思うと、身震いがした。

（暗くなってはだめだ。別のことを考え――）

瞳を伏せ、記憶を探る。楽しいこと。明るいこと。そう考え、記憶の海を揺蕩《たゆた》う。海にぷかりと浮いて、波のように流れてくる記憶を見る。楽しいものであれば何でもよかった。

そんな漠然とした状態で珠蘭の頭に蘇《よみがえ》ってくる記憶には、どれも劉帆がいる。霞正城に来たばかりの頃、一夜限りの不死帝として劉帆が瑪瑙宮に来たこと、望州汕豊に行った日々。そして――不死帝になる劉帆の背を抱きしめた瞬間。

（あ、あれ……）

思えば、距離は近かった。彼の背に回した腕と、その温かみ。体は細く見えるくせに、触れてみれば男性の逞《たくま》しさがあったこと。

のぼせあがりそうな気がして、珠蘭は瞳を開く。頬は一気に熱くなり、心音も急いている。

今になって、あの行動と距離感に照れてくる。その時にはわからなかった羞恥心が遅れて表れてきた。

相棒や友人。信頼できる者。そういった単語を並べてみてもしっくりこない。かといって兄に対する感情とも違う。

劉帆を失うことは恐ろしく、想像さえできない。失われてしまえば、自分の一部が欠けてしまうような気がする。そばにいてほしい。今こうして、離れている寂しさを感じる。

これらの症状を頭の中で整理する。そうして導き出された答えは——。

「珠蘭？　そこで突っ立って、どうしたんだい」

思考の海に沈む珠蘭に声をかけたのは河江だった。気づかぬうちに瑪瑙宮まで戻ってきたらしく、外に出ていた河江と沈花妃がこちらを見ている。

「お二人も出かけていたんですね」

「ええ。翡翠宮《ひすい》に文を届けに行ったのよ。今日こそは伯花妃に会えるかもしれないと思ったけれど、やはり難しいようだったわ——そうだわ。今度は珠蘭が文を書いてみたらどうかしら」

「私が、ですか？　でも何を書けばいいのか……」

「ふふ。伯花妃のことを思って、その時に浮かんだ言葉を綴《つづ》るだけよ。またお茶をしましょう、だけでもきっと喜ぶはずよ。伯花妃はあなたを可愛《かわい》がっているから」

相手は花妃だ。宮女の身である珠蘭が、用事もなく文を出して良いものか悩ましい。とはいえ、沈花妃の提案は心に留め置いた。珠蘭も、伯花妃の様子は気になっている。

「それで――あんた、顔が真っ赤だけど、何かあったのかい？」

「え……あ、これは……」

河江は心配して顔を覗《のぞ》きこんでいる。珠蘭が口ごもっている間に、くすくすと笑いながら沈花妃が割りこんだ。

「河江。そう言わないであげて。きっと劉帆と会っていたのよ」

「し、沈花妃！」

「あなたがそんな顔をするなんて、劉帆のことしかないと思ったけれど、違うかしら」

袖で口元を隠しているが、沈花妃は楽しそうに揶揄っている。河江も、沈花妃の話を聞いて納得したようだった。

「劉帆ってあの見目が良《い》い宦官《かんがん》かい？　あんた、無愛想な子と思っていたけど、恋に興味があったとはね。宮女だってのによくやるよ」

「恋……って、私が？」

「わたくしもそう思っていたわ。劉帆と珠蘭は随分と仲良しさんでしょう？　特に劉帆はあなたを特別に気にかけているようだったから、てっきり両思いなのかと」

「…………」

「あら。珠蘭が固まってしまったわ」

思考が停止している。

恋。その一言は、なかなか珠蘭が見つけられないものだった。けれどしっくり来る。

「……私、劉帆が好きなのでしょうか？」

珠蘭は呆然《ぼうぜん》としていた。そのため、うんうんと力強く頷く沈花妃の様子でようやく、自問自答のつもりである言葉が口から溢《あふ》れていたことに気づいた。

周囲にはそう見られていたとしても、珠蘭には恋というものがわからない。まさか自分自身が、そのような感情を持ち合わせていたとは。それほど今までは後宮での事件の解決ばかりに熱心だったとも言えるのだが。

「恋って……何でしょうか？」

恋。好き。単語を思い浮かべても、漠然としていて摑《つか》み所がない。視認できるものではないため理解が難しい。

そんな珠蘭の問いに、沈花妃が穏やかに微笑んだ。珠蘭の肩に手を置き、優しく諭す。

「その人のことを思う時、胸が温かくなる。その人のためなら頑張れる。けれど時には切ない日もあるの。遠く離れて会えなければ寂しくてたまらない。失う想像をすると、この身が千切れるように苦しい」

「……沈花妃も、そのような感情を？」

沈花妃はにっこりと微笑んでいた。彼女が語っているのは海真のことだろう。

「その衝動に突き動かされれば、突飛な行動を取ることも、常識を乗り越えようとすることもある。恐ろしいけれど、それだけ深く、心を動かす感情だと思うわ」

珠蘭はもう一度、瞼を伏せる。

劉帆の背を抱きしめた時だ。恥ずかしさはあれど、彼に触れている時は確かに胸の奥が温かかった。そして今、彼が不死帝となり、離れている寂しさを感じる。

「失いたくない……そうですね、私は」

靄《もや》のようだった感情が集い、形になっていく。珠蘭の瞳は、自らの心のうちを見る。

(劉帆のことが好き、なんだ)

悩んでいた時間が嘘《うそ》のように、欠けていたものが埋まる。珠蘭が抱えていた漠然とした寂しさや切なさに恋という理由付けがされ、馴染《なじ》んでいく。

(劉帆に……会いたい)

離れたばかりなのに、もう会いたくなって寂しくなる。恋とはこれほどに苦しいものだと、珠蘭は知った。

第二章　虚空の色

珠蘭《しゅらん》は悩んでいた。先日提案された伯花妃《はくファフェイ》宛の文を書き終えたのだが、用事もなく文を送ることは初めてだ。これで伯花妃を励ますことができるのか自信がない。

どれだけ考えても答えは出ず、珠蘭は沈《しん》花妃の許《もと》を訪ねた。

「……ええ。この内容でいいと思うわ」

文を見た沈花妃はふわりと微笑んだ。

「きっと伯花妃も喜んでくださるわ。書いてくれてありがとう」

「では翡翠宮に届けてきますね」

沈花妃の許可も出たことだ。このまま届けにいこうと考えていたのだが、すぐに沈花妃に引き止められた。

「待ってちょうだい。わたくしもあなたに話があったのよ」

「何かありましたか？」

「あなた宛に文が届いているのよ。つい先ほど、瑠璃宮の宦官が届けてくれたの」

瑠璃宮と聞いて浮かぶのは劉帆《りゅうほ》だった。あれ以来、劉帆には会えていない。相変わらず忙しいようだ。だから文を出したのかと考えたのは珠蘭だけではないようで、沈花妃も表情を綻ばせていた。

しかし、その中身を確かめた珠蘭の表情が変わった。

「史明《しめい》からですね」

「え？　珍しいわね。何が書いてあったのか、聞いてもいいのかしら」

「はい。どうやら、話があるそうで……」

文には簡潔に、話があると書かれていた。場所の指定はないが、隅に黒く塗られた四角い箱のような絵がある。黒く塗られていることから黒宮が思いついた。

「これでわかるの？」

「思い当たる場所はあります。行ってきても良いでしょうか？」

時間についての記載もない。どうにも不思議な文だ。しかし話があるのなら向かうしかない。

沈花妃は、これに引っかかるものを感じたようだ。表情が暗い。

「劉帆に声をかけてみたらどうかしら」

「忙しいと思うので……」

「お願いよ。一度話してみて。わたくし嫌な予感がするの。伯花妃への文はわたくしが預かるから、あなたは瑠璃宮に寄ってちょうだい」

彼が多忙であることやその理由を知っていても、沈花妃は折れそうにない。珠蘭を真剣に案じているらしく、縋《すが》るようにこちらを見つめてくる。

(これは頷《うなず》くまで離してくれなそうだ)

沈花妃の頑《かたく》なな意思をくみ取り、黒宮に向かう前に瑠璃宮に寄った。


うまいこと、進むものである。

「なるほどねえ。史明から文か」

珠蘭の隣に劉帆がいた。瑠璃宮に向かったところ、ちょうど宦官姿の劉帆と会ったのだ。今日も不死帝になるようだが夕刻かららしく、事情を伝えると同行してくれることになった。

「史明が文を出すなんて珍しいね。よほど内密な話をしたいのかな」

「わかりません。ですが、先日も史明と話をしたので」

「君の顔が引きつっているのが想像できるよ。話の内容って、僕が聞いても大丈夫なものかな?」

「史明が苑月《えんげつ》に仕えるに至った理由とか、ですね。あと于程業《うていぎょう》の話もしていました」

劉帆に話しても良いかは確認していない。しかし珠蘭としては共有しておきたいところだ。

「史明から聞いた話で、気になる名前がありました」

「誰だろう。僕が知っている人かな」

「荀黄鵬《じゅんおうほう》という方です。劉帆はこの方を知っていますか？　都の人々曰《いわ》く、都の英雄だそうですが」

ちらりと様子を窺《うかが》う。しかし、劉帆はぴんと来ないようで首を傾《かし》げていた。

「聞いたことがないな。僕の方でも調べてみるよ」

「お願いします」

黒宮が近づいている。人の通りの少なさを示すように、相変わらず道は悪い。足元を確かめながら進むものの、珠蘭の心は浮ついていた。

（劉帆が、隣にいる）

沈花妃や河江《かこう》と話し、恋をしていると自覚をしたためか、劉帆を意識してしまう。こうして隣を歩いているだけで、心音が急《せ》いている。

恋などまったく初めてで、これほど心をかき乱すとは思ってもいなかった。

彼の声が聞こえる。隣にいる。彼の手が視界に入れば、妙な心地になる。触れたことはあるくせに、触れてみたいと考えてしまう。

今日は劉帆に貰《もら》った組紐《くみひも》をつけてきた。見える位置にしたつもりだが、それについて劉帆から言葉を貰えるだろうか。そわそわしてしまう。

（落ち着かないと。いつも通りに）

しかし考えれば考えるほど、いつも通りというものがわからなくなる。他愛のない会話も浮かんでこない。

「何かあった？」

気づくと、劉帆が立ち止まっていた。

「あ、いえ、別に。大丈夫です」

何事もないと示すため、いつも通りに歩こうとし――そんな珠蘭の様子に劉帆が笑った。

「ふらふらしているよ？　それでは大丈夫と言えないなあ」

「すみません……考えごとで、頭がいっぱいなので……」

「せっかく二人でいるのに考えごとばかりでは寂しいねえ」

珠蘭と違い、劉帆はいつも通りだ。飄々《ひょうひょう》とした物言いも、態度も、変わらない。

嬉《うれ》しい反面、珠蘭だけがこんなに心をかき乱されているのかと思うと悔しくなる。

珠蘭は、先を歩き始めた劉帆を追いかけ、手を伸ばした。そして劉帆の袖をぎゅっと摑む。

「うん？　また転びそうになった？」

袖を摑まれていると気づき、劉帆がこちらに視線を向ける。

目を合わせることはできなかった。手を繋《つな》ぐような勇気はなく、精一杯が袖だったという、情けないこの表情を見せたくなかったのだ。珠蘭は顔を背けたまま、呟《つぶや》く。

「……やっぱり大丈夫ではないみたいです」

ぎこちない会話だ。しかし、袖を摑むと少し安心する。劉帆が近くにいる。触れている。そのことがざわついた心を静めていくようだった。

景色は少しずつ変わり、黒宮が見えてきた。ここだけは春の陽気が届いていない気がしてしまう。閑散とした場所が生む空気だ。聞こえる音も風が揺らす葉鳴りだけである。

「史明がどこかにいるはずですが……」

劉帆に声をかけるため瑠璃宮に行った時、史明が不在であることは確認した。先に黒宮で待っているものかと思ったが、姿は見当たらない。

黒宮の中にて待っているのか、それとも別のところか。珠蘭はあたりを見回す。外は誰もいない。次いで、黒宮に入って――他の部屋を覗《のぞ》きこんだ瞬間、珠蘭は息を吞《の》んだ。

人がいる。後ろ姿だ。背は丸く、細い体。白髪が交ざった髪。

珠蘭は咄嗟《とっさ》に目を瞑《つぶ》った。見覚えがある。無意識のうちに左手の双輪に触れ、記憶を探っていた。

故郷の海を思い浮かべるまでもなく、稀色《まれいろ》の瞳はその記憶を見つめる。それは、これまでの記憶の中で、恐ろしさゆえに、はっきりと覚えている者。水面に、恐怖を浮力に変えて焼き付けられている者。

「于程業！」

見出《みいだ》した答えは、叫びとなって飛び出ていた。

後ろ姿でもじゅうぶんにわかる。彼は于程業だ。なぜここにいるのか。春嵐《しゅんらん》事件の後、どれほど探しても彼の姿は後宮になかったというのに。

珠蘭の叫びは于程業にも届いただろう。しかし振り返らず、黒宮の中に消えていく。

（ここで逃してはだめ！）

これを劉帆に伝える間はなかった。狡猾《こうかつ》な于程業のことである、逃げられてしまうかもしれない。そう思うと、珠蘭の足は急いていた。地を蹴り、駆けていく。

「珠蘭、待つんだ！」

劉帆の声がした。しかし珠蘭は止まらない。

于程業は足早に黒宮の中を進む。背が見えたと思えば、角を曲がり、まるで黒塗りの柱に吸いこまれていくかのようだ。

諦めずに追いかけ、入りこんだのは広い部屋だった。調度品などは晏銀揺《あんぎんよう》に案内された時に見たものと変わらないが、人の手が入らなくなったためどれも埃《ほこり》まみれだ。

（于程業はどこに!?）

この部屋に入ったのは間違いないというのに于程業の姿がない。部屋のどこかにはいるはずだ。隠れているのかもしれない。

珠蘭は奥へと歩みを進める。そして調度品の陰を覗こうとし――。

「ぐ……ど、うして……」

後ろから物音。次いで、うめき声が聞こえた。

何事かと珠蘭が振り返る。

「え……？」

なぜか劉帆が床に膝をついている。苦痛に歪《ゆが》んだ顔をし、手で腹部を押さえている。

「りゅう……ほ……？」

事態を把握しなければならない。本能のうちに、瞳を大きく見開き、視界に彼の姿を捉えていた。

じわじわと、帯の色が変わっていく。赤と緑を正常に認識出来ない珠蘭の瞳ではそれが枯緑《クーリユー》色としか映らない。しかし、頭でわかっていた。あれは、他者には赤色に見えているのだろう。

血だ。

「珠蘭……目を、閉じ……」

劉帆の声だ。血を流す眼前のそれから、劉帆の声がしている。

では血は。どうして。何が起きている。劉帆は。どうして。

激流のように思考が巡る。しかし答えに至れず、ただ流されていくだけだ。劉帆の声は聞こえても、言葉を反芻《はんすう》することができていない。

だから稀色の瞳は、見つめている。

その時、もう一度。

彼の体が不自然に大きく揺れた。衝撃を受け止めた結果、時を止めたかのように彼の瞳が見開かれる。

「しゅ……」

珠蘭と呼んでいたのかもしれない。掠《かす》れた声が最後まで言葉を紡げなかったのは、その前に体が力を失って崩れ落ちたからだ。どさりと、床に倒れていく。

今度ははっきりと、わかった。

刺されたのだ。倒れた劉帆の背に血の染みは二箇所。一箇所は袍《ほう》が血で大きく染まり、もう一箇所には凶器であろう匕首《あいくち》が刺さったまま。

あの日抱きしめた背に、刺さっている。

血がとまらない。動かない。

稀色の瞳はそれらの情報を視認し、焼き付ける。血の匂いは春嵐事件を彷彿《ほうふつ》とさせ――

珠蘭の思考がひとつの答えに至る。

死。

「い、いやああああああああああ」

黒宮に珠蘭の叫びが響き渡る。

ぷつりと、切れた。

髪に結んでいた組紐が落ちる。次いで、珠蘭の体も膝から崩れ落ちていた。

落ちた組紐をじわじわと血が浸食していく。だが、それを珠蘭が拾い上げることはできなかった。瞳は開いているものの、珠蘭が見ているのは倒れている劉帆の記憶だけだ。

苦しみの表情に、広がっていく血。体が力を失っていくまでのすべて。

記憶の海はいつだってきらめく真昼だった。透き通り、海の底まで見えそうな美しい海。

それが漆黒に塗りつぶされていく。夜の、呑みこまれたらどこまでも落ちていきそうな漆黒の海。


黒宮に、拍手の音が響く。

「いやあ、完璧な出来ですね」

部屋の奥。調度品の陰から現れたのは于程業だった。彼はこの惨状に目をやると、満足げに口元を綻ばせた。拍手は自らに向けたものである。

于程業は、珠蘭の前で身を屈《かが》めると、顎を摑《つか》んで顔をこちらに向かせた。

「董《とう》珠蘭。残念でしたね」

瞳は開いている。意識はあるようだが、于程業が声をかけても反応はない。

「君は記憶力に優れている。だから後ろ姿だけでも私だと認識する。そして好奇心旺盛な君のことだから追いかける。ここまで上手《うま》くいくとは思っていませんでしたよ」

話しながら珠蘭の頬を叩《たた》く。これにも珠蘭は反応を示さず、于程業は愉快だとばかりに高笑いをした。

「ははは、これはいい！　あんなに厄介だった君が、人が殺される瞬間を見ただけで無力になってしまうなんてね。血の色も土色に見えるのかと聞くつもりでしたが、いやいや、これは最高の返答だ。面白くてたまらない」

すべては于程業の仕組んだ罠《わな》である。こうして明かされても、珠蘭の耳には届いていない。

「あの、于程業様」

不気味に笑う于程業に、おずおずと声をかけたのは宦官《かんがん》だった。

「ご命令通りに働きました。どうか私に褒美を……」

「ああ、そうでした。これは私だけの功績ではありませんね」

この瞬間まで于程業は宦官のことを忘れていた。立ち上がり、宦官の前に立つ。

「董珠蘭が一人で来たならば殺さぬ程度に痛めつける。他の者を連れてきたのなら、その者を刺し殺す――臨機応変が求められる任でしたが、君はよくやってくれました」

匕首の持ち主を示すように、宦官の手は赤く濡《ぬ》れていた。劉帆の血だ。しかしそれを拭うこともせず、宦官は慌てたように于程業の袍を摑む。

「お願いします。私を斗堯国《とぎょうこく》に！　于程業様が頼りなのです」

「ええ。わかっていますよ。君に褒美をあげますとも」

言い終えると同時に、その手が空を裂いた。ひゅ、と風が走る音がし、少し遅れて赤い血飛沫《ちしぶき》が舞う。

宦官は驚きに目を見開き、しかし何も語らなかった。言えなかったのだ。ごぽ、と水が溢《あふ》れるような音を残し、どさりと崩れ落ちる。

于程業の手には小ぶりの刀が握られていた。油断していた宦官の首を斬りつけたため、刀には返り血がついている。

「……これが褒美ですよ」

にやりと笑みを浮かべた于程業は、宦官を一瞥《いちべつ》しただけで、それ以上言葉をかけることはしなかった。この仕事を任せた時から、既に宦官への興味は失《う》せていたのだ。

于程業は再び董珠蘭に寄る。

「珠蘭。聞こえていますか。これはね、君が招いたことですよ。すべては、君を手に入れるためですからね」

その声は届かない。瞳は于程業を見つめていても、その視覚情報を伝えることができていない。

稀色の瞳は、濁っている。

＊＊＊

荒れ狂う海のようだ。まるで新月の夜の嵐。寄せては返す波は、同じ記憶ばかりを持ってくる。楊《よう》劉帆が殺される瞬間の記憶だ。

深い海に、心が落ちていく。底はわからない。ひたすらに落ちて、何も見えない。

董珠蘭は虚《うつ》ろになっていた。現在いる場所が霞正城《かしょうじょう》ではなく、都から少し離れた野営地だと気づいていない。ここは霞が統一される前の争いにて、軍営地として用いるべく山の裾野に広がる森を切り開いたものだ。不死帝の統治により平穏になってからは使われることのない場所だったが、今は無数の幕舎が並ぶ。土壁で作った倉や広場もあり、ちょっとした聚落《しゅうらく》のようでもある。その幕舎の一つに、董珠蘭はいた。

「珠蘭！」

椅子に座る珠蘭を見て、驚きの声をあげる者がいた。馮興翼《ひょうこうよく》だ。彼は于程業の差し金で不死帝候補として霞正城に潜入していたが、珠蘭に正体を曝《あば》かれそうだと悟り、霞正城から離れて身を隠していた。その後は斗堯国に戻らず、都周辺に潜伏し続けている。興翼は珠蘭の様子から事態を把握し、于程業を睨《ね》めつける。

「おい！　珠蘭に何をしやがった⁉」

興翼から見ても珠蘭の様子はおかしかった。瞳を開いているが、焦点が合わない。拘束されていないのは、彼女に逃げる意志がないため。いや、動けないのだ。

霞から連れ出した娘、永霞《えいか》の玉《ぎょく》と讃《たた》えられた伯慧《けいか》佳の状態もこれに近かった。彼女も心が虚ろになり、言葉は交わせず、黙々と刺繍《ししゅう》を続けていた。興翼はそれを不気味だと思いながらも哀れんでいた。まさかそれが、董珠蘭の身にも起こるとは。

「珠蘭を殺すなと言っていたのは、殿下じゃないですか」

董珠蘭は要注意人物であった。霞正城にいた時に興翼は珠蘭の脅威を目の当たりにしている。一度見たものを忘れない稀色の瞳は危険すぎる。そのため珠蘭の瞳を無効化する必要があったが、殺さないようにと頼んでいた。それが、こうなってしまうとは。

興翼の怒気は、于程業に通じていない。興翼を『殿下』とわざと呼ぶ時はからかいや悪意を含む時だ。例に漏れず、于程業は楽しそうにからからと嗤《わら》っている。

「傷つけていいとは言ってない」

「殺すなと命じたから、こうするしかなかったんですよ。ですが、殿下も共犯でしょう？」

共犯。興翼には思い当たるものがあった。そのことが頭に浮かび、ぐっと奥歯を噛《か》みしめる。その表情の変化に気づいたらしく、于程業はにたりと口元を緩めた。

「彼女は聡《さと》すぎる。本来ならば気づかぬような些細《ささい》なものも、彼女の瞳は逃さない」

「……だからあの日、都に行けと命じたのか」

「ええ。殿下のご助力を得て仕上げた『二人目の不死帝』を彼女にお披露目したかったので」

軽い口調で話しているが、于程業はあの日珠蘭が来ることを知っていたのだろう。

興翼は確かに、都にたびたび現れる偽者の不死帝を演じている。そして珠蘭に、都で偽者だと見抜かれてしまった。あの日は突然于程業から命じられ、慌てて不死帝を装って出掛けた。

興翼としては、突然珠蘭が現れ、偽者だと言い当てたのだから驚いた。しかし、相変わらずの洞察力を持つ珠蘭らしさに安堵《あんど》もした。春嵐《しゅんらん》事件の後、彼女はどうしているかと思ったが、あの場で堂々と言い張ったところを見るに、彼女なりに立ち直ったのだと安心していたのだが。

「都に現れた不死帝が偽者であると、珠蘭ならば簡単に見抜けるだろうと思っていましたよ」

「それも、あんたの計算通りって？」

「ええ。あれほど騒いでくれるとは、嬉《うれ》しい誤算でしたが」

どうやら都での珠蘭の行動は、于程業にとって良い方向に転んでいたらしい。その意味がわからず興翼は黙るしかなかったが、于程業は上機嫌にその理由を明かした。

「大方、偽者の不死帝に殿下が絡んでいると珠蘭ならば気づく。そうなれば、偽者の不死帝騒動の裏に斗堯国がいることも推測しているはずです」

「俺たちにとってはまずい話だろ。瑠璃宮にも伝わっているはずだ」

「いいえ。これでこそ、狙い通りです」

于程業は珠蘭の顔を覗《のぞ》きこむが、反応はない。珠蘭の無反応を愉《たの》しむかのように弾んだ于程業の声が聞こえる。

「斗堯国、興翼。こういった要素を拾い集めた彼女の好奇心は恐ろしいものです。答えに至るための情報を集めようとし、罠に気づかず飛びこんでいく。気になっていたことがありましたからね、実験をさせて頂きました」

罠。実験。于程業が何をしたのか、興翼は知らない。だが珠蘭の様子から、思いつくことがある。それは一時期、興翼も懸念していた。于程業も同じ考えに至ってしまったのではないかと恐れ、興翼は瞳を見開く。

「まさか、人を殺す瞬間を珠蘭に見せたのか⁉」

「ええ。のこのこついてきた楊劉帆を刺しましたよ。致命傷とまでは難しいかもしれませんが、場所は黒宮でしたからね、発見が遅れて出血多量で命を落としたことでしょう」

もし人を殺す場面を珠蘭が見たら。その懸念は興翼も抱き、悲惨な記憶が焼き付けられればどうなるのかと案じていた。それが実行されてしまった。残酷にも、殺された相手は珠蘭が信を置いていた劉帆だ。

「……最低だ」

この言葉は于程業にも、興翼自身にも向けたものだ。

興翼から見て、劉帆は珠蘭に特別な感情を抱いていたと感じる。珠蘭を連れ出そうとした興翼に対し、劉帆は『何があっても珠蘭を離さない』と固く誓っていた。珠蘭もまた、劉帆と共にいることを選んでいる。その二人がこんな風に引き裂かれたとは。

「近くにいて、珠蘭を守るって……言ってたのにな」

小さな掠《かす》れ声は于程業まで届かないだろう。興翼はこの独り言を于程業に聞かせるつもりもなかった。

「しかし、だんだんと飽いてきますね」

于程業は珠蘭の髪を掴むと、強く引っ張り上げた。

「反応がまったくないのも面白くない。まるで人形を連れてきたようです。瞳を開いていても、記憶力という武器が生かせていない」

乱暴に扱われているというのに珠蘭の表情に変化はない。体はぴくりとも動かず、于程業の言う通り人形のようだ。

わざわざ顔を覗きこんで珠蘭の反応を窺《うかが》っていた于程業だったが、ぱっと手を離した。

「次は傷をつけてみましょうか。どれほどの痛みを与えれば悲鳴をあげるのか、試してみてもよいかもしれませんね」

軽い口調ではあるが、本気だろう。于程業は帯に佩《は》いた刀に手を伸ばしている。

これには興翼の体が動いた。瞬時に、于程業と珠蘭の間に割りこむ。

「やめろ！　そこまでする必要はねえだろ」

手を広げ、珠蘭の前に立つ。

「目的は珠蘭の無力化だったはずだ。傷をつけるために連れてきたわけじゃない」

狐《きつね》のように細められた于程業の瞳は何を見つめているのか。しばしの間を置いた後、短く息を吐いた。

「仕方がありませんね。殿下と争いたくはないので、私が引きましょう」

そう言って于程業は興翼と珠蘭に背を向けた。幕舎を出て行くと思いきや、彼は振り返り、興翼に告げた。

「ああ、そうでした。せっかくですので珠蘭は殿下にお任せしますよ。その様子では抵抗もしないでしょうから、殿下の好きにしていただいて構いませんよ」

笑みを張り付けて繰り出される言葉は、悪趣味なものだ。珠蘭を庇《かば》った興翼に仕返しのつもりかもしれない。

于程業が去った後に響いた舌打ちには、興翼のやり場のない怒りが込められていた。

二人きりとなり、興翼は改めて珠蘭を見やる。何度見ても様子は変わらない。興翼はしばし見つめた後、頭をぐしゃぐしゃと掻《か》いた。予定外のことに対する困惑や、于程業への苛立《いらだ》ち、自らの責任。様々なものが興翼を追い詰める。

「……珠蘭」

平静を取り戻した興翼は、珠蘭の前に膝をついた。椅子に腰掛けたままの珠蘭を見上げ、詫《わ》びるように彼女の手に触れる。

「悪かった。俺のせいで苦しめたな」

珠蘭の手を強く握るも反応はない。それでも、興翼は自らの感情をぶつけるように力を込めた。

「やっぱりあの時あんたを連れ去ればよかった。その方が幸せだったかもしれねえな」

謝罪と後悔。その言葉は珠蘭の鼓膜を震わすも、認識までは至らない。

虚空だ。珠蘭に向けた感情や言葉は虚空に落ちるだけ。返ってくるものは何もない。

少し経《た》って、幕舎を出た興翼は一人の娘を連れて戻ってきた。そして再び珠蘭の前に膝をつき、語り出す。

「せめてもの償いだけど、あんたの面倒は見るよ」

興翼は娘を見やり、名を呼ぶ。

「永名《えいな》。俺がいない時は、珠蘭のことを頼む」

興翼の命令を受け、娘は一礼する。それを見届けてから、興翼は幕舎を去っていった。

幕舎は静かになり、外の音がよく聞こえる。今日は風が強い。かたかたと幕が揺れている。

珠蘭は動かず。そして娘——永名も珠蘭を見下ろしたまま固まっていた。

「董珠蘭……」

その声が紡いだ珠蘭の名は、幕舎の外より聞こえる風の音にかき消された。

＊＊＊

体がひどく重たかった。無理やりこじ開けるように瞼《まぶた》を開ければ、視界はぼんやりとしている。瞬時に見るものを判別できるほど思考も目覚めてはいなかった。

楊劉帆が目を醒《さ》ました時には、黒宮での襲撃事件から十日ほど経っていた。

視界には見慣れた天井がある。だが、この場所について考えるよりも、自分がなぜ眠っていたのかを考えることに忙しい。瞬きをするにも体力を使う。瞼の上下がくっついて、再び意識ごと闇に落ちてしまいそうだ。

「劉帆！」

声が聞こえた。しかし頭を動かすのはだるく、瞬きが精一杯である。そうしているうちに、視界に人が映りこむ。

人。そうだ、李《り》史明だ。

彼が史明であると気づくのにも時間を要した。いつもならば瞬時にわかるものが、感覚が鈍くなっている。

しかし史明の姿を見たことで思考が目覚めていく。

（そうだ……僕は、確か黒宮で……）

記憶は黒宮で途切れている。于程業を見つけたと駆け出していったのだ。だから劉帆は追いかけた。誰を追いかけた。誰と黒宮に行った。

「珠蘭！　珠蘭はどこに⁉」

珠蘭がいたはずだ。その姿を思い浮かべると同時に、体が動いた。床に臥していた劉帆は勢いよく起き上がろうとし——腹部に激痛が走った。

「っ、う、うう……」

火を押しつけられたように熱く、鋭い痛みに、劉帆は顔を歪《ゆが》める。見やれば、腹部には何重にも布が巻かれていた。じわりと赤いしみも見えている。

その痛みを味わってようやく、劉帆はあの時自らが受けた痛みを思い出した。珠蘭を追いかけて広い部屋に入った後、後ろから何者かに刺された。溢《あふ》れてくる血の焼け付くような熱さや、全身の力が抜けていく速さ、氷のように冷たい床の感触も蘇《よみがえ》る。

「劉帆、落ち着いて下さい」

傷口を押さえて呻《うめ》く劉帆に寄り添ったのは史明である。劉帆を寝かせようと肩をぐっと押さえていたが、劉帆は首を横に振った。

「これぐらい、なんともない……それよりも珠蘭は。珠蘭はどうなったんだ」

「その話は後です。まずは体を休めて下さい」

「いや、だ……僕は、珠蘭を」

守ると誓った。だから珠蘭の安否を確かめなければ。

劉帆は力を振り絞り、史明の手を払いのける。その動作でさえ傷は痛む。しかし躊躇《ためら》う間はなかった。転がるように寝台を出る。床や壁に手をつき、何とか立ち上がろうとした。

こんなにも自らの体を重たいと感じたことは初めてだった。それほど体力が落ちている。少し動けば傷が痛む。額には脂汗が滲《にじ》んでいた。

しかし史明も黙ってはいない。史明は劉帆を止めるべく、その肩を掴《つか》んだ。

「劉帆！　待ってください」

「珠蘭を……捜すよ……」

「お願いです。戻ってください」

問答を終わらせるべく、またしても劉帆が史明の手を振り払おうとした時である。

扉が開いた。劉帆と史明はその方を見やる。

「……外まで聞こえてきたよ」

そこにいたのは海真《かいしん》だ。呆《あき》れ顔から察するに、騒がしさから劉帆が起きたことに気づいたのだろう。劉帆と視線を交わしても驚く素振りはなかった。

「劉帆、目が醒めたんだね」

「のんびりしている場合じゃないんだ。あの場に于程業がいた！　珠蘭は、珠蘭はどうなった⁉」

動揺している劉帆に対し、海真は落ち着いていた。なだめるようにゆっくりと頷《うなず》く。

「わかっているよ。だからまずは、話を聞いてほしい――珠蘭は、見つかっていないから」

この言葉に、劉帆の目が丸くなった。

嘘《うそ》であってほしいと願いをこめて史明の様子を確かめるが、史明も海真と同様に沈んだ表情をしている。つまり、海真が語ることは真実だ。

一気に力が抜けた。意識はあるのだが、うまく体が動かせない。珠蘭がいない。それは腹部の傷も忘れるぐらいに、深く心に突き刺さって痛む。

その場に崩れ落ちそうになった劉帆を史明と海真が支えた。

「……劉帆を見つけたのは、私です」

史明と海真によって、劉帆は寝台まで運ばれていった。その途中で史明が言う。

「沈花妃から文について話を聞きました。ですが、私は文を送っていません。二人を止めようと黒宮に向かいましたが……既に事は起きた後でした」

「倒れていたのは僕だけ？」

「あなたと、瑠璃宮の宦官《かんがん》が倒れていましたよ。残念ながら宦官は手遅れでしたが」

「沈花妃から珠蘭もいるはずだと聞いたんだ。だから黒宮だけでなく霞正城すべてを捜した。それでも……」

海真は言葉を濁し、唇を噛《か》みしめて俯《うつむ》いた。

海真は妹を大切にしていた。海神《かいじん》の贄姫《にえひめ》として閉じ込められていた不遇の妹を思い、故郷に残すよりはと手を尽くして霞正城に呼んだ。それほどかけがえのない存在が消えたのだ。霞正城を余すところなく捜しただろう。海真だって完全に回復はしていないのに、こうして起き上がっている。

「黒宮で珠蘭が于程業を見たと話していた。あの場に于程業がいたはずだ」

「見つかっていません」

すぐに答えたのは史明だ。彼は表情を変えず、淡々と語る。

それが劉帆を苛立たせた。このような時だというのに、史明には随分と余裕がある。

思えばこうして珠蘭がいなくなったのにも、史明が関わっている。沸き上がる怒気は劉帆の体を動かした。

「なんで、そう平然としていられるんだ」

身を起こし、史明の衿《えり》を摑む。

「ここ最近の史明はおかしかった。僕が不死帝になる時も、史明は用事があると瑠璃宮を出ることが多かった」

怒りの感情は一度動き出せば止まらない。次々と史明に対する不信感が言葉となって口から溢れる。

「劉帆、やめろ」

海真が間に入ろうとしたが、それでも劉帆は史明を睨《にら》み続けた。

「于程業を慕っているのか。君の師だものな。苑月が死んだ後も、史明が六賢《ろくけん》と関われるよう動いたのは于程業だ。その恩に報いるべく、僕たちを罠《わな》にかけたのか!?」

「劉帆！」

「君は、誰に仕えているんだ。命じられるだけでなく、李史明としての意思はないのか!?」

史明は抵抗せず、衿を摑まれ揺さぶられても、されるがままだった。ぶつけられる言葉も淡々と聞くのみで、反論はでてこない。それがまた、劉帆の怒りを煽《あお》る。

「僕は、君を信じていた。だから──」

「……私が、于程業と連絡を取っていました」

ついに史明が口を開いた。劉帆だけでなく、海真も驚いた顔で話に聞き入る。

「霞正城での様子を伝えるよう命じられていました。その通りに動き、珠蘭と共に都に出た日も彼に伝えています」

「では、珠蘭が都に出た時に偽者の不死帝が現れたのは偶然ではなく、史明が于程業に伝えていたからか？」

「はい。まさか偽者と対峙するとは思っていませんでしたが。あれは私から聞いて、于程業がそのように仕向けたのでしょう」

偶然にしては出来すぎていると感じていた。しかし、それさえも于程業の罠だったかもしれない。劉帆は今になって、珠蘭を都に行かせたことを悔やんだ。

「僕が刺されたのも、史明が絡んでいるんだな？」

「いえ」

どれほど睨まれても狼狽《うろた》えず、史明は静かに首を横に振る。

「あれは、勝手に私の名前を使って、珠蘭をおびき出したのでしょう。私は、珠蘭に文を出していないので」

「まるで他人事《ひとごと》のように言うんだな」

劉帆の怒りは収まらない。珠蘭がいなくなったことで感情が高ぶっている。意識しなければ、今にも史明に飛びかかり、拳に込めた苛立《いらだ》ちをぶつけてしまいそうだ。

「君は于程業に情報を渡していた。君も加害者だ。君は、あいつが春嵐《しゅんらん》事件を引き起こしたと知っていても信頼していたのだろう⁉」

「信頼……」

その言葉は史明の心に深く刺さったのだろう。彼は力を失ったように項垂《うなだ》れてしまった。

「確かに、于程業は多くの血を流す事件を引き起こした。多くの者を欺いた。それを理解していても、あの人は私の師です」

史明の瞼が伏せられる。その瞼には彼の記憶にある、これまでの日々が映っているのだろう。それを懐かしみ、惜しむかのように、史明は切なげな声で続けた。

「于程業が私に接触してきても、拒めなかった。私はどうしても師を見捨てられなかった」

「見捨てられないから、君は僕たちを裏切ったんだな？」

「師を哀れんではいますが、信頼はしていません」

史明が顔をあげた。その顔を情けなく歪め、劉帆を正面から見据える。

「本当に信じたいものは何なのか、考えるようになりました。私が信頼する者は、師ではなく別の者に変わっていった。だから師に命じられても、その通りに動きたくなかった」

「言い訳だろう、そんなのは」

「そう捉えていただいて構いません。私の抵抗はどれもささいなもので、結果はこうなっているのですから」

「君は――！」

「劉帆、待って。俺も聞きたいことがある」

息巻く劉帆を止めるように、海真が割りこむ。海真の険しい顔つきは、史明に対する不信感が表れている。しかし、問いかける口ぶりは落ち着いていた。海真も妹を失った苛立ちは抱えているのだろうが、劉帆の凄《すさ》まじい怒りによって、かえって冷静でいられるのかもしれない。

「史明が言う、抵抗とは何？」

「師の狙いが珠蘭にあるとわかっていたので、彼女を瑠璃宮から遠ざけようとしました。都に出た時も、師が接触しないよう見張っていました。まさか偽者の不死帝を仕掛けてくるとは想定外でしたが」

珠蘭を瑠璃宮から遠ざける。それについては、劉帆も腑《ふ》に落ちるところがあった。

後宮で噂《うわさ》が広まっていると珠蘭を瑠璃宮に呼んだ時だ。今思えば珠蘭は呼び出されたと知らないような素振りをしていた。やけに史明の様子を窺《うかが》ってもいた。珠蘭は、史明の態度に違和感を抱いたのだろう。

「師に、珠蘭を呼び出せと命じられましたが、私はこれを断りました。それに痺《しび》れを切らして、私の名を使って珠蘭を呼び出したのでしょう。そのことが判明して追いかけた時には遅く、私が見つけたのは倒れている劉帆でした」

劉帆が倒れていたのは黒宮。もしも史明が駆け付けなければ、誰にも気づかれずに劉帆は命を落としたことだろう。史明が于程業に疑念を抱いていたからこそ、劉帆は助かったのだ。

于程業との関わりを断てず、しかし彼の意に反するべく珠蘭を守るなど、史明なりに行動していたのだろう。

「今さら史明がそれを明かしたところで遅すぎる」

史明の行動は理解できたとしても、失ったものは大きい。

「珠蘭がいなくなった。史明は何も守れていないじゃないか！」

「劉帆、落ち着け！」

再び史明の衿を摑もうとした劉帆だったが、それは海真に止められた。それでも感情は荒ぶったまま、海真に押さえられても劉帆は叫ぶ。

「君はまだ、于程業を断ち切れないんだろう！　このまま于程業に従うつもりなのか⁉」

「違います！」

珍しく、史明が声を荒らげた。そしてその場に膝をつく。

「私は、私の心のままに動きたいと今は思っています。だから――劉帆、あなたが目指す未来を、共に見たい」

史明は顔をあげ、劉帆を見上げていた。

「あなたはこの国を大きく変えるかもしれない。それでも、私が信頼しているのはあなたです」

史明は真《ま》っ直《す》ぐに、劉帆を見つめている。

このまなざしに、偽りはない。

「……今さら信頼していると言われても、君は僕を裏切った。珠蘭はここにいない」

「わかっています。私なりの形で、責任を取ります」

史明はすくりと立ち上がる。

「誰かが、私は私の思うままに動けばいいと言ったので、その通りにしてみました。だから、このようなことになった時のため動いていたんです」

扉が開く。劉帆も海真も、驚いてその方に視線をやった。

現れたのは一人の娘。史明は彼女を一瞥《いちべつ》した後、海真と劉帆に告げた。

「彼女が――私が劉帆に忠誠を誓う証です」

＊＊＊

珠蘭が霞正城から連れ出され、一月ほど経過した。春を彩る花々は姿を消し、日に日に草葉の緑が濃くなっていく。晩春を吹き抜ける湿度のこもった風は、夏の到来を予感させた。

珠蘭は椅子に腰掛け、虚空を見つめたままである。あれ以来、珠蘭が自ら行動や発言をしたことはない。永名や興翼に世話をされて日々を繋《つな》ぐだけだ。

その日、珠蘭は幕舎を出ていた。そばには永名がいる。こうして外を歩かせるのは興翼の提案だった。外の景色を見せることが刺激となり、珠蘭の塞ぎ込んだ心に変化が生じるのを狙っているのだろう。幸いにも珠蘭は、手を引けば歩いていく。手を離すとその場に立ち尽くしてしまうが、自ら歩いてくれるため移動には困らない。

自発的な行動はないため逃げ出す素振りもなく、珠蘭は黙って手を引く永名についていく。永名の足取りも珠蘭を気遣っているのか遅く、何度も何度も珠蘭の様子を確かめていた。

「……本当に、何も見なくなってしまったのね」

永名が呟《つぶや》いた。その独り言は虚《むな》しく宙に消えるのみで、珠蘭の耳朶《じだ》をかすめても反応はない。

「この拠点は……なんて、話しても意味ないわね」

珠蘭がいた幕舎の周辺には、同じ造りの幕舎がいくつも建っている。それらの周囲は木柵で囲まれ、幕舎が建ち並ぶ敷地《しきち》の中心には木材を組んで簡易的に作られた広場があった。広場の中央には演壇を模した台もある。まるで密集した聚落だ。

あたりを見回した後、永名はそばにある長椅《こしかけ》に近づいた。木板で作った簡易なものだがしっかりしている。珠蘭の手を引いて座らせてから、永名は珠蘭の隣に腰掛けた。

永名は多くを語らない。時折珠蘭の様子を確かめつつ、行き交う人々をじっと見つめている。

そこへ老婆と男がやってきた。老婆は仮面を着けていたが、男は仮面を外している。落ち着かぬ様子であたりを見回す老婆に、男は微笑《ほほえ》んだ。

「ばあちゃん、大丈夫だよ。ここなら仮面を外していいから」

「でも、こんなところに通うなんて」

珠蘭はこの二人を見たことがある。先日都で、仮面売りの露店前で見かけているのだが、虚《うつ》ろな瞳はそれをぼんやりと見つめるのみだ。

「仮面を買うためのお金で、ばあちゃんの薬が買えなかっただろう？　でもここなら薬を分けてもらえるんだ」

老婆は珠蘭をちらりと見たが、足を止めることなく、男と共に通り過ぎていった。

永名が拠点と呼んだこの地には、都から通う者もいれば移り住んだ者もいる。今日は特に、人が多く集まっていた。子を抱いた女性に老夫婦、霞正城の者ほどしっかりとした装いではないものの武装をした男もいる。

遠くで、子供たちの駆ける音と笑い声が聞こえた。追いかけっこをして遊んでいるのかもしれない。都ならば『不死帝が見ている』と叱られたであろうものが、ここでは止める声は聞こえなかった。

「……うん？　そのお嬢ちゃんは」

通り過ぎようとした一人の男が、珠蘭たちの前で足を止めた。永名はさっと動き、珠蘭と男の間に割りこむ。

「何か御用でしょうか」

「あ、ああ。すまねえな。ちょっと、そのお嬢ちゃんに見覚えがあって」

永名の警戒心が伝わったのか、男は慌てた様子で数歩下がり、敵意はないと示すように手を振った。

「悪い悪い。先日都でな、不死帝の偽者を曝《あば》いた子がいたんだよ。俺もその場にいたんだが……まあ見間違いだな」

永名は拒絶の笑みを浮かべて黙っている。見知らぬ者を珠蘭に近づけたくないと考えているのだろう。

これに気圧《けお》されたのか、男は再び歩き出した。男が去った後、永名は短く息を吐く。

「今日は人が多いから、色々と面倒だね」

人々は広場に集まっていく。広場の人だかりを確かめた後、永名は珠蘭の手を引いた。

「戻りますよ」

導かれるまま、珠蘭は永名の後を歩く。その瞳には様々なものが映っているが、珠蘭の思考は深い海に潜ったままだ。


二人は幕舎に戻った。いつも通り、珠蘭を椅子に座らせ、永名は器に水を汲《く》む。このまま何事も変わらず、珠蘭の様子に変化もなく終わるはずであった。だが幕舎の外の慌ただしさに気づき、永名が振り返る。

「ご苦労様です。先ほど、外にいたのが見えていましたよ」

その言葉と共に現れたのは于程業だった。彼は幕舎に立ち入ると、足早に珠蘭の許《もと》にやってくる。そして、ぐいと珠蘭の腕を摑《つか》んだ。

「何をするんですか!?」

永名が止めに入る。しかし于程業はにたにたと笑みを浮かべたままだ。

「珠蘭を借りますよ。なに、ただ座らせておくだけです。ここで飼い殺すのは勿体《もったい》ないですからね、役に立ってもらいませんと」

于程業は有無を言わさずに珠蘭の腕を引っ張る。椅子から立たされたものの、力なくその場に座りこみそうになってしまう珠蘭だったが、于程業が珠蘭を抱えた。

これに対し、永名は見ているだけだった。無理やりに連れていこうとする于程業を快く思っていないようで、表情は険しい。しかし、仕える身として于程業に逆らえない様子で、苦い表情をしながらも于程業の後についていった。

于程業が向かったのは広場だった。迷いなく演壇に立つ。その隣には椅子が用意され、珠蘭はそこに座らせられた。

「諸君、よく集まってくれた」

広場を見回しながら、于程業が声を張り上げる。

「同じ志を持つ諸君に、新たなる仲間を紹介したい」

そう言って、于程業は珠蘭の方を見やる。広場に集まった者たちも珠蘭を注視した。

「これは稀《まれ》なる瞳を持つ救世の娘。見たものを記憶し続ける海神の贄姫——この国を、我々を不死帝の恐怖から解き放つべくやってきたのだ」

しかし、どれだけの視線が注がれようと珠蘭の反応はない。

まるで椅子に座る人形だ。集まった人々は声もなく、じっと珠蘭に見入っていた。

「真実に目覚めた我々のために現れた救世の娘。これは我らの追い風と言えよう」

人々の反応は薄い。それもそのはずだ。珠蘭の様子はあまりにもおかしい。

これは于程業にとって誤算だったのかもしれない。珠蘭を救世の娘として紹介することで、この場に集う人たちの変化を求めていたのだが、それどころではないほどに珠蘭の様子は異様だった。

于程業は笑みを絶やさない。しかし、その裏では苛立《いらだ》っている様子だった。皆には見えぬよう後ろに回した手を力強く握りしめる。そこには彼の怒りが込められていた。


早々に珠蘭は幕舎に戻された。珠蘭がいる幕舎は他のものと違い、厳重な警備で守られ、于程業や彼が信頼する者たちのみ出入りを許されている。広場に集まった人々が安易に立ち入ることはできなかった。

だからなのか、于程業の気が緩んだ。珠蘭を椅子に戻すなり、ぱちんと乾いた音が響く。

「于程業様!?」

悲鳴に似た叫びは永名のものだ。

永名からすれば、于程業が突如現れて珠蘭を連れ去り、戻ってきたかと思えば苛立たしげに珠蘭を殴打している。これでは驚くのも当然のことだ。

「本当に厄介だ!」

永名の制止も聞かず、再び于程業の手が空を切る。

よほど力を込めたのだろう。その手が頬を叩《たた》くと同時に、于程業の袂《たもと》から一枚の紙が落ちた。文字はなく、絵が描いてある。人が二人描かれた絵だ。

「……っ！」

所持品が落ちたことも于程業の怒りを煽《あお》った。さっと紙を拾い上げると、苛立ちをぶつけるように三度《みたび》珠蘭の頬を叩く。

珠蘭の頬は赤く腫れていた。于程業は珠蘭の髪を引っ張り、顔を寄せて間近に睨《ね》めつける。

「使えん。こうなるならば殺せばよかった」

声をあげるだけでは止まらないと判断し、永名が二人の間に割りこむ。そして永名は珠蘭の頬を撫《な》で――その瞬間、赤いものが珠蘭の口から流れた。

「……っ、ひあああああ」

永名の悲鳴が響く。後退《あとずさ》りをした後、腰を抜かしてその場に座りこんだ。珠蘭の口から、血が溢《あふ》れている。

これには于程業も眉を顰《しか》めた。先ほどの殴打に原因があるかもしれないと、すぐに察したのだろう。

「何があった!?」

永名の悲鳴に気づき、幕舎の外にいたらしい興翼が血相を変えて中に入ってきた。彼はすぐに珠蘭の様子を確かめ、吐血していることに気づいたようだ。

「あ、ああ……」

永名は震えるばかりで答えない。次いで、興翼は于程業の方を見やる。しかし問いかけられる前に于程業はため息をついた。

「……あとは、任せますよ」

忌々しげに言い残し、于程業は逃げるように背を向けた。珠蘭に暴力を振るわないようにと、興翼に注意されている。吐血の理由を追及されるのは面倒だと判断したのだ。

于程業が幕舎を出て、しばらく経《た》つまで、興翼はじっとその方を睨《にら》みつけていた。

足音はしなくなり、気配も消えてからようやく、興翼は詰めていた息を吐く。

「……役者だな」

その言葉は永名に向けられていた。永名は先ほどまでの怯《おび》えた様子が嘘《うそ》のように、くつくつと笑いながら立ち上がる。

「こうでもしなければ、珠蘭の顔面は原形を留《とど》めていなかったでしょうから」

「だからって、咄嗟《とっさ》にこれを出来るのがすごいな」

永名は珠蘭の傍《そば》に寄り、手巾《ハンカチ》で口元を拭う。手巾に付着した赤い液体は血に似ているが、永名も興翼も動じていなかった。

「竜血、だろ？」

興翼の得意げな問いかけに、永名は頷《うなず》く。

「そうです。お天道様《てんとさま》の下ならば気づきやすいかもしれませんが、幕舎や屋内ならばこれが血のように赤い樹液だとわかりません」

「よく手に入ったな。霞では手に入らないんじゃなかったのか」

「あたしも竜血を初めて見た時は驚きましたよ。とはいえ二度と手に入らないでしょう。あたしだって、これを渡してきた男とは二度と顔を合わせたくない。あたしをこき使う、腹立たしいやつですから」

竜血。この赤い樹液は血液のようにも見える。霞に自生していない樹木のため、ここらでの認知度は低いが、興翼が知っていたように斗堯国では流通している。

永名は咄嗟に、竜血を珠蘭の口に含ませた。幕舎の薄暗さも味方となった。おかげで于程業は吐血したと思いこんだことだろう。

「これでしばらくは、珠蘭に手をあげないと思いますけどね」

「珠蘭様、だろ」

興翼が揚げ足を取る。永名はむっと顔をしかめていた。

「嫌です」

「あんたは珠蘭の世話をするんだ。珠蘭様と呼ぶのが道理だろう」

「だって、この娘、腹が立つんですよ」

「どこが？」

しばし考え、それから永名は呟《つぶや》いた。

「この娘の目が嫌いです」

永名個人として、珠蘭が気に入らないのだろう。そうなれば興翼は何も言えない。

「まあ、それなりに仲良くしてくれ」

「支障が出ない程度に世話をしているんだから文句もないでしょう。ほら、興翼様も戻って。殺人事件で忙しいんでしょう？　こっちはあたし一人で大丈夫です。これから珠蘭を着替えさせなきゃいけないので。あ、見ていたいなら残っていても構いませんけどね」

「わ、わかったって！　じゃ、後は頼む」

永名に追い立てられ、興翼も幕舎を出て行った。見届けてから永名は動き出す。

「……本当に、手がかかる」

ひとりごちて、珠蘭の支度をする。残りの竜血も拭き取り、着替えをさせる。髪も結いたかったがここにはその道具がない。

整え終えると、永名は珠蘭の顔を覗《のぞ》きこんだ。

「あんた……いつになったら目を醒《さ》ますんだろうね……」

ぎゅっと、永名は珠蘭を抱きしめた。

「早く、悪い夢から醒めなよ」

稀色の瞳は語らず、けれど切なげな永名の表情を見つめていた。

その夜である。珠蘭がこの様子のため、永名は同じ幕舎で寝泊まりをしていた。しかし今宵《こよい》は用事があった。夜が更けた頃、永名はむくりと起き上がる。

「珠蘭、行くよ」

「…………」

「できれば自分で歩いてほしいんだけどね。今夜は、山の方で人死にが起きたからこちらへの警戒が薄いとはいえ、何があるかわからない──言っても無駄か。仕方ない、腹を決めるよ」

永名は自らの肩に珠蘭の腕を回す。珠蘭を引きずるようにして、外に連れ出した。

漆黒の空には身を細くした月がぽかりと浮かんでいる。

永名は幕舎から遠ざかっていく。幕舎の辺りから離れると、周囲は切り開かれていないため木々が多く、道もない。しかし構わず、永名は珠蘭を連れ、少しずつ森の奥に入っていった。

珠蘭が記憶を探る時、いつだって故郷の海が出てくる。海神の贄姫として過ごした時間は良《い》いこともあったが、多くは虚無だった。一人きりで海を見つめる。同じものばかりを見る。

いつだったか、嵐の日もあった。普段と表情を変え、荒れ狂う海は珠蘭にとって新鮮だった。しかし恐ろしくもあった。吹き付ける風や雨に怯えたとて、言葉を交わす者はいない。一人で、耐えなければならなかった。

今の珠蘭も、一人だ。稀色の瞳は絶望に閉ざされている。海神の贄姫であった時と同じように、閉じこもって同じ景色ばかりを見る。

あの日の、劉帆の姿ばかり。

血は枯緑色にしか見えなかった。だが、初めて枯緑色を恐ろしく思った。あれは絶望の色だ。ならば、枯緑色ばかり見えるこの瞳は絶望で占められているのか。

(……私、は)

流れる血。倒れた劉帆。

地に落ちた蒼海色《そうかいしょく》の組紐《くみひも》は枯緑色に吸いこまれていく。あれほどに嬉《うれ》しい贈り物はないと思った。劉帆に会える時は迷わず手に取り、髪に結んだ。

似合うと声がかかればきっと嬉しかった。黒宮に向かうのではなく、別の日であれば、劉帆からその言葉を聞けたのだろうか。

(困った時は……瑠璃色を目印に)

瑠璃色。珠蘭の故郷では蒼海色と呼ぶそれが、今はひどく恋しい。

（でも、もう、あの組紐が、ない）

珠蘭の瞳からぽたりと涙が落ち――絶望で閉ざされたはずの視界に、蒼海色が見えた。

「珠蘭。泣かないで」

声がする。

体が温かい。

誰かが、そばにいる。

「頼むよ、珠蘭、戻ってきて」

黒い髪を束ね、夜のぼんやりとした月明かりに照らされた蒼海色が、視界で揺れている。

（あ……逃げなきゃ。蒼海色、約束した色）

記憶に焼き付いている劉帆の言葉。無意識のうちに珠蘭は、その蒼海色に手を伸ばそうとしていた。

逃げたい。この悲劇に囚《とら》われていたくない。逃げたい。

「僕は、ここにいるよ」

その一声が鼓膜を震わすと、悲劇の記憶を視《み》るだけで壕《ごう》に引きこもるようであった珠蘭の心を、風のように駆け抜けていく。

光が差した。嵐の、漆黒の海を照らす。

波音がする。記憶を探す時の波音。そして劉帆の声。

「……りゅう、ほ」

珠蘭の唇が動いた。掠《かす》れた声で、彼の名を紡ぐ。

ひとつ瞬きをした後、珠蘭の心が戻った。視界には夜の森を背に、劉帆がいる。劉帆は珠蘭の顔を間近で覗きこみ、それから嬉しそうに涙目で言った。

「おかえり、珠蘭」

「あ……わ、私は……どうして、ここに……」

劉帆が目の前にいる。命を落としたのだと思っていた。繰り返し見続けてきた黒宮の記憶が崩れ、生きている劉帆に置き換わっていく。

瞳が熱い。視界は滲《にじ》んでいく。喜びは涙となって集い、それが頬を伝う前に珠蘭の体は抱き寄せられた。

「会いたかった。君を抱きしめて、無事を確かめたかった」

「劉帆は!? 刺されたのでは……」

「二度も刺されたからね。でも、史明がすぐに僕を見つけてくれたんだ。危ない状況ではあったけど、助かったよ」

「よかった……私はてっきり、劉帆が死んでしまったのかと……」

「大丈夫だよ。だから、君の前にいるだろう?」

はい、と頷くと同時にその胸に顔を埋める。この温かさは彼が生きている証《あかし》だ。

涙が溢れてとまらない。やはり、彼が好きなのだ。恋慕という感情は、失うとなれば半身をもがれるように、瞳を閉ざしてしまうように、心を惑わせる。けれど大きな喜びもあるのだ。彼の腕の中にいる瞬間は、何よりも尊く、幸福に満ちている。

「これ、覚えてる?」

劉帆が見せたのは、蒼海色の組紐だ。劉帆から貰《もら》ったものだが、黒宮で襲撃された際に落としていた。汚れはひとつもなく、綺麗《きれい》になっている。

「私のですね。すみません、無くしてしまって」

「いいよ。でも、黒宮にこれだけが残っていたと聞いた時は心がかき乱された」

思い出しているのか、劉帆は苦く笑う。

そして珠蘭の後ろに回る。組紐を髪に結ぼうとしているのだろう。珠蘭はじっと待つ。

「……守れなくて、ごめん」

劉帆が呟く。

「あんなに約束していたのに、これでは格好がつかないな」

「いえ。私こそ、勝手に走り出してしまったので」

「できたよ。次は、君が無くさないようにしっかり結んでおくね」

ぽん、と肩を叩《たた》かれる。珠蘭からは見えないが、劉帆の髪を結う組紐と同じものが、自分の髪にも結ばれているのだろう。

他の者にはただの組紐だが、珠蘭にとっては心強く思える。髪にあると思うだけで、力が湧いてくるようだ。

「ところで、私はどうしてここに」

「色々あったからね、話すと長くなるけど。ここは霞正城ではない。君は于程業に連れ去られたんだよ」

それを聞き、珠蘭の瞳が丸くなる。

「君の居場所を教えてくれたのは、彼女なんだ」

劉帆が言うと、こほんと咳払《せきばら》いを一つしてそばにいた娘が歩み出た。

「あたしがここにいることを忘れているのかと思ってたけど」

「いやあ、すまないね。珠蘭に会ったら嬉しくてつい」

劉帆が言葉を交わしているのは、うんざりしたようにため息をついている娘――永名だ。

その姿を視界に捉えた瞬間、見覚えがあると感じた。

珠蘭は目を伏せる。

稀色の瞳に焼き付けた記憶。正気を取り戻した今だからこそ、見えるものがあるはずだ。

穏やかな波音だ。珠蘭は集中して、記憶の海に触れ、目的のものを拾い上げる。

「永名……ううん、違う」

今は永名と名乗っているが、珠蘭は彼女の名をよく知っていた。

瞳を開き、もう一度彼女と向き合う。

「水影《すいえい》。あなただったんですね」

彼女は水影。かつて瑪瑙《めのう》宮宮女として珠蘭と対立し、さらには珊瑚《さんご》宮宮女殺害事件に関与していた。だが彼女が後宮で事件を起こしたのは、その裏にある晏銀揺のため。晏銀揺の死後、水影は霞正城を出ている。元より、水影という宮女の存在は晏銀揺と共に隠されていたため、後宮では大きな影響はなかった。

「永名として傍《そば》にいてくれていたんですね」

「なんだ。ぼんやりしているだけかと思えば、覚えていたの？」

虚《うつ》ろだった時、珠蘭が反応していないだけで、瞳が開いている間に見たものは覚えている。于程業や興翼とのことはもちろん、水影が珠蘭を案じて抱きしめてくれたことも覚えていた。

「守ってくれて、ありがとうございます」

「……別に。命じられたから仕方なくよ」

水影はそう言って、顔を背けてしまった。しかし命じられた以上に、水影が色々と守ってくれていたのだ。素っ気ない物言いをしているだけで、本心は別だろう。

「命じられたとは誰にでしょうか？」

「史明だよ」

史明といえば、二人で話したことや文の差出人など、珠蘭の中では疑念がまだ残っている。

珠蘭の吃驚《きっきょう》に気づいたのか、劉帆が小さく笑った。

「史明は大丈夫だよ」

「え……でも、あの文は」

「史明と話したんだ。それに、史明がいなければ君のことだって見つけられなかった」

その力強い視線。劉帆と史明がどのように言葉を交わしたのかはわからないが、彼のことを信じているのだろう。

「あたしが霞正城を出る時に、史明から取引を持ちかけられたの。霞正城の外の情報収集をするなら、生活を保障するってね。だからあたしは霞正城の外で、史明の耳として過ごしてた。だって、突然霞正城を追われて一人で生きろなんて難しいもの。そんな取引、呑むに決まってる」

口ぶりからして水影は史明に感謝しているのだろう。しかし表情から察するに史明のことを快くは思っていないのかもしれない。うげ、と顔をしかめている。

「あの無愛想で偉そうな史明だからね……こき使われてばかりだけど」

「でも、おかげで珠蘭の居場所がすぐに見つかった。感謝しているよ」

「史明に命じられてあの拠点に潜入していたんだけどね。妙な動きがあると思ったら珠蘭いて正解だった」

が連れられてきたから驚いたよ。こうして世話役になれたんだから、輿翼に取り入ってお

諜報《ちょうほう》活動のため于程業の懐に入りこんでいた水影がいなければ珠蘭の発見は難しかっただろう。幸いにも彼女が世話役に任命されたことで、珠蘭は守られていた。水影が庇《かば》わなかったら、今頃珠蘭は于程業に殴打されてひどい怪我《けが》を負っていたかもしれない。

「珠蘭、霞正城に帰ろう」

微笑《ほほえ》みを浮かべ、劉帆が手を差し伸べる。

「海真も沈花妃も史明もみんな、珠蘭を待っている。一緒に戻ろう」

兄や沈花妃。それだけではない。後宮には多くの者たちがいる。皆揃《そろ》って突然姿を消した珠蘭を心配しているだろう。彼らの顔を思い浮かべると、今すぐに会いたくなる。無事だと早く伝えたい。

温かな場所に戻るべく劉帆の手を取ろうとした、その時である。

ひゅん、と風が二人を切り裂いた。

「危ない！」

いち早く気づいた劉帆によって珠蘭の体は突き飛ばされる。

体勢を崩し、その場に座りこむ。劉帆の無事を確かめようと顔をあげたが、珠蘭の視界は遮られていた。誰かが珠蘭の前に立っている。劉帆ではない。

「久しぶりだな。っつーか、やっぱり生きてたか」

「……興翼」

「あんたのことだから、簡単に死なないと思ってたけど」

その声から判別する。珠蘭と劉帆の間に割りこんだのは興翼だ。珠蘭は慌てて身を起こす。興翼は刀を抜き、構えていた。その向こうにいるのは劉帆だ。

しかし劉帆の表情は冴《さ》えない。刀を構えてはいるものの、苦しそうな顔をしている。

「怪我してんだろ？　刺されたって聞いたけど。さっきので傷が開いたんじゃねえの」

「そこまで知っているなら、退いてくれないかな。珠蘭を連れて帰らなくちゃいけないんだ」

「悪いけど、それはさせない。ここで逃したら、あいつがうるせえから」

「力尽くでも珠蘭を取り返す」

劉帆が駆ける。興翼に向け、刀を振り下ろす。

しかしどの動きも精彩を欠いていた。興翼は身を翻し、余裕たっぷりに斬撃をかわす。そして、手をくるりと返して柄で劉帆の胸を突いた。

「ぐっ……」

突くといっても、珠蘭の目にはそれが軽いものに見えた。しかしじゅうぶんに、劉帆の均衡を崩した。体はぐらりと傾き、その場に膝をつく。

劉帆は胸ではなく、腹部に手を当てていた。興翼に突かれた場所ではない。

「やっぱ、無理してここに来たんだな」

劉帆を見下ろし、呆《あき》れたように興翼が言う。劉帆は息を荒くしながらも、興翼を睨《ね》めつけていた。

「……珠蘭を、取り返したくてね」

「霞正城に連れ戻して、また珠蘭を危険に晒《さら》すのか？　あんたじゃ珠蘭を守れない。ここにいる限りは、俺が守ってやれる」

その体で珠蘭を守れるのか、と劉帆に問いかけているのだろう。劉帆もその意味を理解しているのか、すぐに答えられず歯がみしていた。無理を強いた体が悲鳴をあげているのを自覚していたのかもしれない。

興翼は冷ややかに劉帆を見つめていた。

その瞳は何を考えているのか——少々の間を置き、聞こえてきたのは興翼のため息だ。

「帰れ。今なら見逃す」

「っ……そんなの、できるわけが！」

「もうすぐここに人がくる。騒ぎになって困るのは劉帆だろ」

興翼は背を向けた。劉帆がこれ以上追いかけられないとわかっているのだ。

そして、興翼は座りこんでいた珠蘭の前に立つと、ひょいと体を抱えた。

「興翼！　離してください！」

「だめだ」

「私は霞正城に戻ります！」

「いいから来い」

じたばたと暴れてみるも興翼の力には敵《かな》わない。助けを求めるように劉帆に手を伸ばす。

やっと会えたというのに。生きているとわかったというのに。

近くにいたのはほんの一瞬で、また引き戻されていく。

「永名も。行くぞ」

「あ、あたしは……」

「しらねえよ。ほら早くしろ」

さらに興翼は水影にも声をかけた。珠蘭の情報を劉帆に流したのは水影だとわかっているだろうに、興翼はそれ以上を語らない。

水影はその場に立ちすくみ迷っているようだった。しかし、意を決したらしく、珠蘭を追いかけていく。

「劉帆！」

珠蘭は彼の名を叫び、遠ざかる姿に向けて手を伸ばす。

届かない。離れていく。けれど、劉帆は顔をあげてこちらを見た。

「珠蘭……必ず、助けるから……」

その言葉は、しっかりと珠蘭の鼓膜を震わせた。

第三章　変えられぬ暗褐色

霞正城《かしょうじょう》は遠い。正気を取り戻した珠蘭《しゅらん》は幕舎での生活を強いられていた。逃げだそうとしたにもかかわらず環境は変わらない。珠蘭のそばから水影《すいえい》が引き離されることもなかった。

「……あいつは珠蘭を守ると言ったけど、どういうつもりなんだろうね」

誰もいないのを良《い》いことに、素の水影がぼやく。

興翼《こうよく》は、永名《えいな》が裏切り者だと知ったはずだ。だというのに、彼はそれを咎《とが》めていない。珠蘭が逃げだそうとしたことも、劉帆《りゅうほ》がいたことも、興翼は誰にも語っていない。あの出来事はなかったかのように振る舞っている。

「とにかく、現状を確認するよ。あんたはどこまで思い出した？」

「ある程度は。きっかけがあれば、残りの記憶を探し出せるかもしれません」

虚ろであった間、珠蘭の瞳に映ったものは記憶として残っている。しかし、膨大な記憶の海から探し出すにはきっかけが必要だ。手がかりからたぐり寄せれば、鮮明に思い出せる。

　そんな珠蘭の様子を面倒だと判断したのだろう。嫌そうな顔をしながら、水影は語る。

「じゃあ最初から——ここはね、反不死帝同盟の拠点だよ」

「反不死帝……つまり、不死帝を快く思っていないと？」

「そういうこと。不死帝の恐怖から解放されたい者たちが、打倒不死帝のために集まっている。でも、反不死帝同盟といってもきな臭いものだよ。民を扇動し、武装させて不死帝を討とうとしているんだから。この集団を率いるは于程業《うていぎょう》。それに興翼も——ああ、興翼の正体については史明《しめい》から聞いているよ。あんなに粗暴な男でも斗堯国《とぎょうこく》の皇子らしいね」

　水影は、はん、と鼻で笑っている。

　于程業と斗堯国は繋《つな》がりを持っている。さらに興翼もいることから、反不死帝同盟に斗堯国が関わっているとみて間違いはないだろう。

　そうなると、都に現れた偽者の不死帝の謎も解ける。珠蘭が虚ろであった時に、興翼と于程業が話していた。そのことを思い出し、珠蘭は語る。

「都に現れた二人目の不死帝。あれは興翼だったんですね」

「そう。あたしも最近知ったけど、あの中身は興翼だよ」

　興翼が関わっていることは既に推測していたため驚きはない。気になっていたのは、偽者の不死帝が現れた理由だ。彼らは何を狙い、都の人々を欺いたのか。反不死帝同盟という存在を知った今は、その答えが見えてくる。

「あの偽者は、不死帝への不信感を煽《あお》っていたのですね。子供を斬ろうとしていたのは、不死帝が民を思わぬ残忍な人だと印象づけるため……そういうことでしょうか」

飛び出した子供が仮面を着けていなかった。その時の偽者は躊躇《ためら》いなく抜刀している。珠蘭が止めなければ、みせしめとして斬りつけていたかもしれない。

おそらくは仕組まれていた。子供を突き飛ばした者も、それを狙っていたのだろう。

嫌な推測だが、水影はこれを否定しなかった。

「都に現れた不死帝にいい噂《うわさ》はなくてね。あんたも知っているだろうけど、都の人々はあれに怯《おび》えていたのさ。その頃からこの同盟も賑《にぎ》やかになっている。あんたの考え通り、あれは都の人々の不信感を煽るものだと思っているよ」

不死帝を討とうとしている。武装した民たちは霞正城を襲うのだろうか。春嵐《しゅんらん》事件は斗堯国の兵が潜んでいたが、今度は霞の民が不死帝を狙う。想像するのも恐ろしい。これ以上、霞正城に血が流れてほしくない。

「最近はね、都でも不死帝の妙な噂が流れているんだよ。不死帝に子がいるってね」

「後宮で流れているものと同じですね」

「ああ。誰が言い始めたのかはわからないけれど、二人目の不死帝騒動に不死帝の子という噂だ。おかげさまで不死帝を疑う人は増える一方だよ」

霞の者にとって不死帝とは気味が悪く恐ろしい統治者だった。しかし、子供がいたとなれば、神秘性が落ちる。この同盟は不信感を抱く人々を受け入れるのにちょうどいい。

この拠点は、急ごしらえではなく、入念に準備されていたような印象がある。おそらくは春嵐事件の前から、かもしれない。となれば、于程業が用意していたのか。

そこまで于程業を突き動かす目的は何だろう。もしも于程業が不死帝を討とうとしているのなら――珠蘭の心に、わずかだが迷いが生じた。

(不死帝制度がなくなれば……兄様も劉帆も解放される)

不死帝制度を無くす。つまり不死帝がいなくなる。その未来を願う珠蘭も、于程業と同じではないか。迷いが珠蘭の瞳を曇らせた。

「とはいえ、この同盟も一枚岩ではないからね」

あっさりと水影は言ってのけた。

「人が集まれば集まるほど、うまくいかなくなる。だからなのか、広場ではいつも演説よ。毎度毎度同じことばかり喚いで莫迦《ばか》らしい」

「演説……そういえば、広場に連れて行かれましたね」

「反不死帝同盟といえど寄せ集めだから、于程業はひとつにまとめあげたいのかもね。だけどうまく行かないから、あんたを救世の娘だのと担ごうと――」

言いかけるも水影は言葉を止めた。外の物音に気づき、その方を見やる。ふて腐れたような素の表情は一瞬にして消え、永名としての穏やかな顔つきになる。

「……おや」

しばし待って幕舎に現れたのは于程業だった。

相変わらず、狐《きつね》のように目が細く、嘘《うそ》くさい笑みを張り付けている。彼の姿を視界に捉えるなり、珠蘭の心に潜んでいた怒りが一気に溢《あふ》れた。椅子から立ち上がり、于程業を睨《にら》みつける。

于程業としては驚いたことだろう。虚《うつ》ろだったはずの珠蘭が、自ら動いているのだから。

「すっかり目が醒《さ》めましたか。人形のままで構わなかったといいのに」

「于程業！　あなたは、自分が何をしているのかわかっているんですか」

「おお、怖い。君を霞正城から連れ出してあげたのだから感謝されるはずですが」

「私を霞正城に帰してください！」

しかし于程業は頷《うなず》くことをしなかった。珠蘭の前に立つと、顎を摑《つか》んで無理やりに見上げさせる。柔和な表情と異なり、指先に込められた力は強い。憎しみが、紛れている気がした。

「帰しませんよ。君には利用価値がある」

「嫌です」

断ち切るように珠蘭は素早く答えたが、それを聞いても于程業の笑みは崩れない。それどころか珠蘭の顔を覗《のぞ》きこんでくる。

「私は知っていますよ。君は嘘をついている」

「……っ、嘘なんて」

「だって君は、私と同じだ」

珠蘭は言葉を詰まらせた。不死帝を終わらせるという意味では、于程業と目的が合致している。認めたくなかったそれを、心を読まれるように言い当てられ、何も言えなくなる。

「君はたくさん見てきたはずですよ。後宮という毒の檻《おり》に囚《とら》われた花たち、国をあげて隠し続けた不死帝の秘密。黒宮の悲劇も、君は知っている。このままでは、君の兄だっていつ殺されるかわかりません」

「それは……」

「不死帝という恐怖が生み出した薄氷の上に、この国は存在している。だから君はこう考えているはずだ——不死帝がいなければ、とね」

珠蘭は反射的に飛《と》び退《の》いた。于程業が語ることは正しく、だからこそ心の奥を無理やりに覗きこまれているようで不快だ。

珠蘭は顔を歪《ゆが》め、鋭い眼光を于程業に向ける。

「……私は、あなたと違います」

「認めたくないのならば仕方ありませんね——ですが、あなたはまだ霞正城には帰れませんよ。あなたは好奇心旺盛な可愛《かわい》らしい娘ですからね。飢えた稀色《まれいろ》の瞳は、こう考えている」

どれだけ睨みつけても于程業には響かない。彼は珠蘭を見下ろし、楽しげに告げた。

「私がどのように不死帝を殺すのか、とね」

(于程業が不死帝を討とうとしている。私も不死帝制度を終わらせたい。私は……于程業と同じなんだろうか)

その悩みは消えず、珠蘭の頭をぐるぐると駆け巡っている。

于程業に連れ出され、珠蘭は広場の演壇にいた。以前と変わらず、広場には多くの人が集まっている。珠蘭は演壇に用意された椅子に腰掛けてから、あたりを見回していた。

(反不死帝同盟に賛同する人たちが……こんなにもいる)

集まるは多様な者たちだが、その心には皆不死帝を討ちたい気持ちがある。

(……薄氷の上にある、国)

于程業の言葉を思い出す。不安そうにしている者や不死帝を討つと息巻く者の顔を見ていると霞の脆《もろ》さを改めて認識する。

あの老夫婦が震えているのは不死帝への恐怖が故か。赤子を抱く母が希《こいねが》うのは、我が子の未来に不死帝がいないことか。

「稀色の瞳を持つ、救世の娘。彼女は我らの道標となってくれるだろう」

演壇にて于程業が声を張る。水影が語った通り、うまく進んでいないが故か、声には若干の焦りが混じっているように感じられた。

演壇に連れてこられたものの、特に何かしろと命じられてはいない。椅子に腰掛けているだけだが、拠点の状況を見回すにはちょうどいい。珠蘭はもう一度、人々の様子を見る。

（あれは――）

違和感が生じた。集まった者のほとんどが于程業を注視しているというのに、于程業には目もくれずきょろきょろとあたりの様子を探る者がいる。若い男だ。

（あの人だけ、視線の動きがおかしい）

右手を袖に隠し、表に出さないようにしていた。何度も視線は、隣にいる若い女性に向く――そして。

ほんの一瞬。彼がわずかに体を揺らした時、右手に不穏なきらめきを見た。

「あの人！」

珠蘭は叫んで立ち上がる。

広場にいた者、そして演壇の于程業も珠蘭に意識を奪われた。突如沈黙に包まれた中、珠蘭は男を指で示す。

「凶器を持っています」

「え――」

しんと静かな場に珠蘭の一声が落ちる。それは波紋が広がっていくように次々と広場に集まる人たちを動かした。

そして男も、言い当てられたことに驚いたらしく、その右手から匕首《あいくち》を落とした。

「捕らえろ！」

誰かが叫んだ。その声を合図に、皆が男を取り押さえる。女性は涙目で逃げ、駆け付けた屈強な男が不審者を拘束した。

「匕首を持った者など他にもいるだろう！　あいつなんて刀を持っている。なのにどうして」

拘束され、引き立てられた男は、怒気を露《あら》わにして叫ぶ。男だけでなく、広場の多くの者も、同じ疑念を抱いているようだ。

彼の前に立ち、珠蘭は告げる。

「あなたの言う通り、武装した人は他にもいます。けれど、あなたは違いました。恐れるように周囲を見回していた。そして……この女性を見つけると、わざわざ隣に移動した」

「くっ……」

「目的はわかりませんが、あなただけは、于程業の話を聞くためにここに集まったのではない」

皆がざわついている。珠蘭の言葉を信じて良いものか判断が難しいのだろう。

そこで、一人の女性がおずおずと歩み出た。

「その方が仰《おっしゃ》ることは真実です」

再び静まりかえる。

「だ、だって……私は昨日……っ」

これほど注視されることに慣れていないのだろう。女性は声も体も震えていた。言葉が続かない。

（あの人は……前にも視《み》たはず）

珠蘭は瞳を伏せ、記憶の海から拾う。そうだ。前にも広場で彼女を見た。だが、その時とは様子が違う。

瞳を開くと、珠蘭は壇上から降りて彼女の許《もと》に近づいた。

「大丈夫ですか？」

「あ……い、いえ、私は余計なことを……」

珠蘭は首を横に振る。ひとつずつ、指で示しながら告げる。

「頬の怪我《けが》。目の周りの痣《あざ》。唇も腫れていますよね。これらは、前回お会いした時にはなかったものです。前は、演壇から向かって右前方。ちょうどあのあたりにいたと思いますが」

娘の顔色がさっと変わった。当たっている。虚ろな珠蘭が演壇にいた時、この娘は珠蘭が言い当てたのと同じ場所にいて、怪我は一つもなかった。

突然怪我について語り出す珠蘭の姿は異様だった。娘は青ざめて黙し、周囲の者もざわついている。

しかし一人が声をあげた。

「この姉ちゃんが言うことなら間違いないぞ！」

男の声だ。その方を見やれば、以前都で見た姿である。青果店の店主だ。

「俺はこの姉ちゃんを知ってるんだ。前に都で助けてもらったんだよ。物覚えがよい姉ちゃんでな、俺に文句を言ってきた客の手口を曝《あば》いてくれたんだ」

この言葉をきっかけに、他からも声があがる。

「都に出た不死帝が偽者だと言った人か？」

「あれは凄《すご》かったよなあ。みんな本物だと信じてたのに」

この場には都から来ている者も多く、青果店の店主をはじめ、不死帝の偽者を曝いた時のことを見ていた者もいるらしい。彼らが声をあげたことで、珠蘭を見る目が変わっていく。珠蘭が語ることは本当かもしれないと、信じる者たちが増えた。

「荀黄鵬《じゅんおうほう》みたいだ」

聞こえてきた声に珠蘭ははっとする。集まった者の一人が発したのだが、その言葉は一気に広がり、賛同の声が続いた。

「本当に荀黄鵬が返ってきたようだよ」

「荀黄鵬があんな死に方をしなければね。こんな時こそあの子がいてくれたらよかったのに」

その反応を見るに、都の者たちは荀黄鵬を知っている。都の英雄とは聞いていたが、故人の名とは知らなかった。

ここまで于程業はじっと黙り、この様子を見守っていた。珠蘭は于程業の方を振り返る。彼がどんな反応をしているか、確かめたかったのだ。

しかしそこにあったのは——恐ろしいほどに冷えた、珠蘭を見つめるまなざし。喜びも怒りも、何も感じられない。心を置いてきたかのように、感情がない。

しかしそれは一瞬で消えた。

「さすがですね」

ぱっと表情は切り替わる。狐のように目を細め、それから手を叩《たた》いた。

「この広場に多くの人々が集まるようになり、物騒な者も紛れていると報告は受けていました。こちらでも調べていましたが……いやあ、救世の娘の慧眼《けいがん》は恐ろしい」

それから于程業は自らの部下に指示を出す。匕首を持った不審な男は捕らえられ、どこかに連れて行かれた。

広場には大勢の人々が残っている。彼らは皆揃《そろ》って于程業ではなく、珠蘭を見つめていた。

「珠蘭様！　ありがとうございます！」

「我々の救世主！」

于程業が演説していた時よりも騒がしい。それらはすべて、珠蘭を讃《たた》える歓声だった。

「あんた、目立ちすぎじゃない？」

演壇から降り、幕舎に戻る途中である。水影が耳打ちをしてきた。

于程業にはうまいこと言って、水影は広場で珠蘭の様子を見ていたのだ。その結果がこの険しい顔である。

「すみません。でも、あの方が怪我する前にと思ったら……」

「色々あったからね。あんたが刃傷《にんじょう》沙汰を避けたいのはわかるけど」

「黒宮で襲撃されたことも、なるべく……思い出さないようにしています」

春嵐《しゅんらん》事件や黒宮での襲撃。そういった過去は珠蘭の心に深い爪痕を残した。特に黒宮でのことは今も思い出すのが恐ろしい。鮮明に記憶されるが故に、また心が虚《うつ》ろに囚われるかもしれないと、怯《おび》えていた。そのため、それらの記憶は封じるように心がけている。

「でも慣れた方がいいと思うけどね」

　水影は言う。

「反不死帝同盟だって、今日のように小さな事件はいくつも起きてる。恫喝《どうかつ》事件もそう。それに、つい最近だって人が殺された」

「この拠点でも、そういったことが起きるのでしょうか？」

「多くの人間が集まっているからね。善人もいれば悪人もいる。それぞれの目的が違って、そのせいで人が傷つく時もある」

　悲しげな声だ。水影は俯《うつむ》き、足元をじっと見つめていた。

　いま、水影の心には後悔があるのではないか。

　水影は人を殺している。珊瑚《さんご》宮宮女殺人事件――その犯人は水影だった。だが、水影は守ろうとしただけだった。

　水影は、不死帝だった苑月《えんげつ》が愛した元翡翠花妃《ひすいファフェイ》の晏銀揺《あんぎんよう》の宮女である。しかしそれを許さぬ六賢《ろくけん》は晏銀揺を追い詰めるべく、子を奪い、様々な理由をつけて宮女を殺していった。最後に残った水影は――瑠璃宮を恨み、晏銀揺を守ろうとした。だから黒宮近くに来た宮女を、瑠璃宮の手先と考えて殺したのだった。

「……その時は、それが正しいと思った。もう少し早く、あんたと出会っていたら違ったかもしれないのにね」

珠蘭は何も答えなかった。

人を殺《あや》めることは罪であり、許されない。どんな理由があろうとも。

だが今の水影は、罪を認め、背負っている。悔やんでいるからこそ、彼女は今、苦しそうに顔を歪《ゆが》めている。

「なんて、無駄話してる場合じゃないわ。幕舎に戻り――」

そう言いかけた水影の言葉がぴたりと止まる。視線は珠蘭ではなく、その後方に向いていた。違和感を抱き、珠蘭が振り返ると同時に声がする。

「あの……珠蘭様」

先ほど広場にいた若い娘だ。近くで見れば怪我が痛々しい。彼女は泣きそうな顔をしながらやってきて、珠蘭と目を合わせるなり、頭を下げた。

「お願いがあります！」

＊＊＊

翌日。珠蘭の姿は都にあった。隣には水影と興翼がいる。

こうして都に出たのは、あの若い娘こと燕晶《えんしょう》に頼まれたことが理由だ。

燕晶は何やら頼みごとがある様子だったが、拠点では語れないらしく都に来てほしいと話していた。本来なら珠蘭は捕らえられ動けぬ身だが、彼女の様子がどうにも気にかかり、今日の脱走に至る。

「あんたがいないって気づかれたら、面倒なことになるんだからな。手短にしろよ」

都に出るために輿翼に随分と頼みこんだ。渋々承諾してくれたが、機嫌はよくない。彼のぼやきに珠蘭は礼を告げる。

「無理を通してくださってありがとうございます」

「くれぐれも目立たないようにな。騒ぎを起こされるのはごめんだ」

出来れば水影と二人がよかったが、逃げ出す恐れがあるとして輿翼も同行している。この三人というのは妙に気まずいが、文句を言ってはいられない。

まずは燕晶に会うことにする。幸いにも指定された場所は、都の外れである。外門から都に入ると、待ち構えるは大通りだ。

(前よりも、寂しくなっている)

露店の数が減った。史明と共に来た時にあった青果店も、今は店を閉じている。他にも様々な露店が店を畳んでいた。

さらに気になるのは、行き交う人々だ。前は皆が仮面を着けていたが、今回は仮面を外して歩く者もいる。

「……仮面を、着けていませんね」

珠蘭が呟《つぶや》くと、水影が「ああ」と頷《うなず》いた。興翼には正体を知られてしまっているためか、永名としての恭しい口調は消えている。

「最近はね、仮面を外す人が増えたよ」

「不死帝を信じていないのでしょうか」

「だろうね。反不死帝同盟に集まる人たちも仮面を着けていない。不死帝を信じないと示しているのかもしれないよ」

不死帝とは恐怖の存在である。だが疑念を抱けば、その恐怖は払拭されてしまう。仮面を外す者たちが増えれば、不死帝という恐怖が薄れてしまう。霞正城としては厳しいところだろう。

しかし、どうしてか仮面を外した人たちの表情は明るく見える。

（笑っている。まるで解き放たれているよう）

仮面を着けている時は余所余所《よそよそ》しく、相手を疑う様子だったのが、仮面を外している者たちは笑顔で言葉を交わしている。それが眩《まぶ》しく見えてしまう。

「前はここに、偽者の不死帝が出たんだろう？」

「はい。今は、偽者の正体がわかっていますが」

そう言って珠蘭は興翼を見上げる。興翼はというと、気まずいのかこちらを見ることなく、ため息をついて額を押さえた。

「……あの時、あんたが出てくると思わなかった」

偽者の不死帝を止めるべく珠蘭が声をあげた時、一瞬たじろいだのは中身が興翼だからだ。仮面で隠されていたが、彼の吃驚《きっきょう》はわずかな動きとして現れていた。

「偽者が現れた現場に偶然居合わせたと思っていましたが、あれも于程業の罠《わな》だったんですね」

「俺は何も聞いてなかったけどな。ただ、不死帝になるように言われただけだ」

珠蘭が拠点に連れこまれた時の于程業と興翼の会話は記憶に残っている。虚ろな状態だったが、その場面に居合わせたことが幸いしていた。

しかし、興翼の態度には引っかかるものがある。

（興翼は于程業に命じられて動いている？　それに、興翼は于程業に怒っていた。于程業は斗堯国と繫《つな》がっているはずなのに、なぜ）

二人の関係性がどうにも見えてこない。だが、直接聞いたところで興翼は答えないだろう。その違和感は胸に秘めておく。

「私が止めなければ、不死帝に扮《ふん》していた興翼は、あの子供を斬っていたのでしょうか？」

珠蘭は別の疑問を口にする。あの日の偽者が刀を抜いた場面は記憶に焼き付いている。興翼の返答がどうしても気になった。

興翼は答えるのに少々の間を置いた。言葉を探していたのかもしれない。

「……殺しはしない。でもやらなきゃいけなかった」

となれば、殺さない程度に斬りつけていたのだろうか。それでも、あの子供が傷つけられると考えれば胸が痛む。

「では、あの日に私が取った行動は正解だったんですね」

「ああ。だから、あんたが出てくれて助かった。俺だって無関係の子供を傷つけるなんてしたくない」

その言葉に珠蘭は安堵《あんど》する。目立ちすぎたのかもしれないと悩んだが、声をあげたことで子供と興翼の二人を守れたのだ。

「ところで、偽者の不死帝はどうやって消えたの？　突然消えたって、どういう仕組みなの？」

水影が問う。その問いかけは珠蘭と興翼の二人に投げかけられていたが、興翼は答える気がないらしい。となれば答えるのは珠蘭しかいない。

「……それについては、わかっていません」

正体が判明しても、突然消えた仕掛けはわからない。あの日の状況を思い返しても、手がかりになるようなものはなかった。

珠蘭の正直な返答を聞いて、興翼が笑った。

「あんたの瞳でもわからないことがあるんだな」

莫迦《ばか》にするような物言いに、珠蘭は少しばかりむっとする。しかし興翼は止まらない。

「結局、その視界に入らなければ見えないんだろ。稀色の瞳の弱点だな」

「視界に入る……」

悔しいが興翼の言う通りである。この視界に入らぬものは記憶に焼き付けられない。

（確かに、あの時は偽者を注視していなかった。周りの人たちも、私に気を取られていて注意は疎《おろそ》か。誰も偽者を視界に入れていなかったのだとしたら）

珠蘭が気を引いている間に、偽者が消える。あの場所にはいくつもの荷馬車が止まっていた。興翼はそこに隠れたのかもしれない。それを隠すように、宦官《かんがん》らが右往左往する。宦官らの後を追いかければ偽者がいるかもしれないと考えて目で追い、偽者が隠れている荷馬車に気づかない。

（それほど、私が目立ってしまっていたんだ）

珠蘭が皆の視線を誘導してしまったのだ。興翼の言葉がなければ気づかなかったかもしれない。珠蘭はにっと微笑《ほほえ》み、興翼に告げた。

「ありがとうございます。おかげで、偽者が消えた仕掛けがわかったかもしれません」

水影は首を傾《かし》げていたが、珠蘭としてはありがたい。もやもやとした頭が晴れていくようだ。

偽者の不死帝が消えた仕掛けが珠蘭の考える通りであれば、あの場にいた宦官も偽者だろう。あれも斗堯国の者だろうか。

(この都は、私が思っている以上に斗堯国の人が紛れているのかもしれない)

興翼が持っていた刀の紋様。あの紋様のついた刀が斗堯国で作られているのなら、青果店で難癖をつけた男も斗堯国と関わりがある。

「珠蘭。早く行くぞ」

気づくと、珠蘭は出遅れていた。振り返った興翼が急《せ》かしている。珠蘭は慌てて後を追いかけた。


指定されたのは都外れにある民居だ。興翼も向かうと燕晶を驚かせてしまうかもしれないと考え、彼には民居の近くで待ってもらっている。

「来てくださったんですね！　ありがとうございます」

燕晶は、やってきた珠蘭と水影を見るなり、明るい声音で出迎えた。今日は仮面を着けているため表情がわかりにくい。

良《い》い暮らしとは言い難い民居である。燕晶の身なりもあまり良くない。奥には家族がいるようだが、病で臥せっているらしく、時折咳《せ》き込む声が聞こえた。

「拠点で話せないと言っていたのが気になって。何か困りごとですか？」

「友人を捜しているんです」

燕晶はうつむいて、そう告げた。

「彼は反不死帝同盟の拠点に通っていましたが、ある日から帰ってこなくなりました」

「帰ってこなくなった……あの拠点に移り住んだのでは？」

水影からも聞いているが、反不死帝同盟に心酔した者たちは拠点に移り住んでいる。幕舎が多く並んでいるのも彼らのためだ。

だが燕晶は首を横に振る。

「彼は何も言わずにいなくなるような人ではありません。きっと帰れなくなった理由があるはず。あの拠点に行けば彼に会えると思っていたのですが……」

燕晶は、不死帝に疑念を抱いて反不死帝同盟に入ったのではなく、友人を捜すためにあの場所にいたのだ。燕晶は自らの腕を摑んでぐっと押さえる。

「何度通っても会えず、ようやく彼を見かけたという人から話が聞けました。仙間山《せんかんざん》の近くに向かっていたようです。だから私も向かおうとしたのですが、その途中で捕らえられてしまいました」

「ではあなたの怪我も、その時に？」

「はい。捕らえられた私は、何度も殴られました。これ以上友人のことを探るな、拠点に近づけば殺すと脅されましたが……それでも彼を諦められなくて。広場にいた不審な男は今度こそ私を殺そうとしていたのかもしれません」

珠蘭が指摘した男は、明確な殺意を持っていた。凶器を袖に隠し、燕晶を見つけるなり近づいていったほどだ。珠蘭が声をあげなければ、燕晶は殺されていたのかもしれない。

「私はもう拠点に行けません。だから私の代わりに、珠蘭様に友人を捜してほしいのです」

燕晶の苦しみを思うと力を貸したくなる。だが、彼女が語る友人とやらを珠蘭は見たことがない。珠蘭は戸惑いながらも正直に明かした。

「私は必ずあなたの力になれるとは限りません。ご友人の特徴を聞いて、見つけたら報告するだけになるかもしれません。それでも良いでしょうか」

拠点には多くの者がいる。目立つ特徴があるのなら、それを参考に捜せるかもしれない。そう考えての提案だったが、燕晶が返答するよりも早く、水影がこちらに向いた。

「あんた、またそうやって安請け合いをして」

「困っている方を放っておけません」

「今の自分がどういう立場かわかってるの？　誰かの力になる、なんて言っている場合じゃないんだよ」

水影の言うことは正しい。珠蘭は囚《とら》われの身である。都に来たのも水影の力を借りてのことだ。だが、燕晶を放っておけない。せめて特徴を聞き、記憶を頼りに捜すなら出来るかもしれない。珠蘭は折れず、ぐっと力強く水影を見つめる。

「私は困っている人の力になりたいです」

固い意志を感じ取ったのか、水影は唇を噛《か》んで顔を背けた。これ以上間に入る気はないようだ。珠蘭は改めて娘に向き直り、友人の特徴を聞く。

「友人の特徴……そうですね。珠蘭様と同じくらいの年齢の男性です。あとは、首にある古傷でしょうか。幼い頃の怪我だそうですが、傷が残ってしまったと話していました」

首の傷。特徴としては足りない気もするが、珠蘭は瞳を伏せる。これまでに、彼の姿を見ていないだろうかと記憶をたぐり寄せた。

しかし覚えはない。珠蘭が会っていない可能性がある。もしくは輿翼に先程言われたように、視界に入っていないのかもしれない。

「……あのさ」

水影が燕晶に問いかける声が聞こえて、瞳を開く。

「その友人ってのが、帰れない状況だったら、あんたはどうするの？」

「それでも……理由を知りたいです。どうしても彼に伝えたいことがあります」

「例えば、死んでいるとしても？」

水影の声は冷えていた。この依頼がどのような結末を辿《たど》っても受け入れられるのか、燕晶の覚悟を確かめているのだ。

娘はすぐに答えられなかった。うつむき、逡巡《しゅんじゅん》している。

「……死んでいたとしても、構いません」

間を置いて紡がれた呟《つぶや》きは切ないものだった。しかし彼女の秘めたる思いが伝わってくる。それを汲《く》み取ったのか、水影が短く息を吐いた。

「わかったよ。じゃあ、あたしは何も言わない。この子を手伝うのかどうか、あとは珠蘭が決めるといい」

「……私も、そのご友人を捜します」

答えは出ている。一人で抱えきれぬ問題に苦しんでいるのなら、放っておくことはできない。


民居を出て珠蘭たちは輿翼と合流した。考えごとで歩みが遅くなれば輿翼の小言が飛んでくるため、珠蘭は早足を心がけて大通りを行く。

「あ。珠蘭様だ」

突然名を呼ばれ、珠蘭の足がぴたりと止まった。振り返ると子供がいて、きらきらと目を輝かせてこちらを見ていた。

名乗った覚えはない。なぜ知っているのだろうと疑問に思っていると、子供がさらに続けた。

「お父様が言ってた。珠蘭様は救世の娘だって」

「救世の娘？」

珠蘭は首を傾げていた。そこへ、子の父親らしき者が慌てた様子で駆けてきた。

「珠蘭様！　申し訳ございません！」

「そ、そんなに謝らなくても……」

父親は子を抱き上げ、珠蘭に向けて何度も詫《わ》びていた。父親としては突然珠蘭に声をかけてしまったことを詫びているのだろうが、このやりとりはじゅうぶんに目立った。珠蘭という名が聞こえたらしく、大通りを歩く者たちが立ち止まる。

「あの珠蘭様？」

「珠蘭様がいらっしゃるの!?」

都で会った者や反不死帝同盟の拠点で出会った者など、珠蘭の名を知る者たちは声をあげ、知らぬ者は「珠蘭って？」「誰？」と近くの者に問う。

「珠蘭様は反不死帝同盟の方だよ。都に出た不死帝の偽者を曝《あば》いた方でもあるんだ！」

誰かが言った。その言葉は一気に広まり、皆が珠蘭を注視する。

まるで、大通りを行き交う人の波が、珠蘭によって動きを止められたかのようだ。

（……こんな風に、私の名が広まってしまうなんて）

動揺し動けないでいる珠蘭に、水影が言った。

「大騒ぎになる前に行くよ！　走るからね！」

水影に手を引っ張られ、珠蘭も駆けるしかない。気になって振り返れば、集まった人々がこちらを見ていた。

「反不死帝同盟の珠蘭様」

声が聞こえる。

（どうしよう。それが広まってしまえば）

珠蘭は反不死帝同盟に捕らわれているだけだ。だというのに、珠蘭の名は意図せぬ方向へ一人歩きしていく。

遠くに霞正城が見える。都まで来ていたというのに霞正城は遠ざかっていく。

（私は……霞正城に帰れるのだろうか）

後宮で過ごしたあの温かな日々が、今は恋しい。


都を出るのに時間がかかってしまい、拠点に戻ったのは予定よりも遅くなった頃だった。

「二度と、あんたを都に連れていかない」

今日何度目かわからないため息を吐いて、輿翼がぼやく。これに同調したのは水影だ。

「同意見。あたしも珠蘭と都に行くのはいや」

「すみません。騒ぎを起こすつもりはなかったんですが」

「あんたにその気がなくても、あんたを知る人がいれば騒ぐの」

水影と興翼はぶつぶつと文句を言い続け、珠蘭はひたすらに謝るばかりだ。その問答を繰り返しながら幕舎に戻ると――先客がいた。

その姿を視界に捉えるなり、珠蘭と水影の表情が強張《こわば》る。椅子に腰掛けていた彼は珠蘭たちが戻ってきたことに気づくと悠然と立ち上がった。

「三人仲良く遅い戻りですね。都の散策は楽しかったですか？」

「……于程業」

興翼が忌々しげに呟くも、彼は普段と変わらず、にたにたと胡散臭《うさんくさ》い笑みを浮かべている。彼は水影や興翼に目もくれず、珠蘭を見つめていた。

「君が随分と楽しそうにしていたと報告がありましてね。都に行った理由は見当がついていますが。失踪した友人を捜してほしいと頼まれましたか？」

その言葉に珠蘭の目が丸くなる。

「どうして、それを」

「ただの推測ですよ。彼女が友人を捜しにきていると知っていましたからね、あなたに依頼するのではないかと思ったまでです」

恐ろしいほどに当たっている。于程業に盗み聞きされていたのではないかと疑いたくなるほどだ。

「私はね、そんな依頼なんてどうでもいいんです。それよりもあなたに絶望を味わってほしい」

彼が語る絶望の意味を知るべく、思考が巡る。しかし答えに至るより先に、于程業は珠蘭に詰め寄り、顔を近づけた。

「あなたが思う以上に、その名は都に広まっている。反不死帝同盟の救世の娘としてね」

彼の歪《ゆが》んだ笑みが近くにある。その瞳に珠蘭が捕まっている。

「困った人を放っておけない。優しいあなたは人々に手を貸し、そうして名を広めていく。あなたは自らの善意によって、霞正城から遠ざかっていく」

とん、と肩を押された。それは軽くであったが、じゅうぶんに珠蘭の均衡を崩した。巡る思考は一つの結論に至っている。倒れるようにその場に座りこんだ珠蘭は愕然《がくぜん》とするだけだ。

「救世の娘として、あなたは担がれる。不死帝を倒すよう、人々を煽《あお》っていくのはあなたの存在だ」

都の人々が珠蘭に感謝し、讃《たた》えていた、その声が蘇《よみがえ》る。それらは枷《かせ》となって珠蘭に纏《まと》わり付いている。

＊＊＊

数日もの間、于程業の言葉を反芻《はんすう》していた。あれからも珠蘭は都の人々を放っておけず手を貸し、時には依頼を引き受けた。そうしているうちに名は広まり、霞正城が遠ざかっていく。これでは不死帝に対立する者と誤解されても仕方ない。

董《とう》珠蘭という人間は実直である。故郷で隠されて育ったため人慣れせず、鵜呑《うの》みにして行動するくせがある。

于程業は珠蘭の特性をよく見抜き、稀色の瞳を持つが故の珠蘭の行動を予測していた。手のひらの上で転がされているようで悔しい。そして気づけなかった自分自身にも腹が立つ。

「相変わらず、辛気くさい顔をしてる」

声をかけてきたのは水影だ。その手には湯気ののぼる碗《わん》がある。茶を持ってきたのだろう。

刻限は夜になっていた。外は暗く、幕舎の中も薄暗い。燭台《しょくだい》の明かりが頼りだ。

「于程業に言われたことが頭から離れません。でも困った人を放っておくことはできなかった。私はどうしたらよかったのかと考えてばかりです」

あれから、反不死帝同盟の門扉を叩《たた》く者は急激に増えた。反不死帝同盟と董珠蘭の名は広まり、不死帝に懐疑を抱く者たちの受け皿になっている。想像以上に珠蘭が与えた影響は大きかったのだ。

「……劉帆に会えないかもしれない」

心が沈む理由は、後宮にいる皆のことだ。

「兄様や沈花妃にも、一目でいいから会いたかった。伯《はく》花妃も河江《かこう》も、みんな……」

珠蘭が救世の娘として担がれていることは瑠璃宮の耳にも届いているだろう。皆に会いたい心と裏腹に、霞正城が遠のいていく。

そんな珠蘭の様子に、水影がため息をついた。

「海真《かいしん》と沈花妃でしたら、元気らしいですよ」

素っ気ない物言いだが、珠蘭ははっとして顔をあげる。一瞬にして喜びのきらめきが灯《とも》るが、水影はそれを一瞥《いちべつ》してうんざりした様子で続けた。

「先日、史明に報告した時に、小耳に挟んだだけです。忘れてるかもしれませんけど、あたしがここにいるのは反不死帝同盟と于程業の動向を探るためなので」

「ど、どうして言わなかったんですか!?」

がたりと椅子の音を響かせ、珠蘭が立ち上がる。

「皆の様子を根掘り葉掘り聞かれるのが面倒だったので。あとあんたが嬉《うれ》しそうにするのも嫌だ」

「う……」

「現在の状況についても話していますよ。珠蘭が自ら招いて、こうなっていると、包み隠さず報告しています」

自業自得といえばそうだ。まんまと于程業の罠《わな》にかかっている。それを思い出し、珠蘭は椅子に座り直した。水影に詰め寄ってあれこれと聞きだせる立場ではない。

しおらしい態度が胸を打ったのかもしれない。水影はふっと小さく笑った後、文を取り出した。

「これは？」

「劉帆からです」

聞くなり、珠蘭は文を受け取り、中を確かめた。

『珠蘭。水影から話は聞いたよ。君が元気そうで安心したよ。

瑠璃宮も反不死帝同盟や君の存在といった情報を得ている。君が霞正城に戻ることはしばらく難しいかもしれない。でも、海真や沈花妃、伯花妃や皆は、君が戻ってくるのを待っている。

僕は、君を諦めない。いつか必ず、君を迎えに行く』

一文字ずつ、嚙《か》みしめるようにゆっくりと、目で追いかける。

劉帆はどんな思いで筆を執ったのだろう。どんな表情で文字を綴《つづ》ったのか。

封じていた寂寥《せきりょう》と、久しぶりに劉帆の言葉に触れた喜びが、頬を伝う。涙は文に落ち、じわりと滲《にじ》んで広がった。

『人との繋《つな》がりを信じて動く。そんな君の優しさを、僕は信じている』

荒《すさ》んでいた珠蘭の心に溶けこんでいく。

今までもそうだった。打ちひしがれた時、行き詰まった時、珠蘭が選択に迷う時はいつも劉帆がそばにいた。距離を隔てている今でも、文に載せて劉帆の言葉がそばにある。折れそうになった珠蘭を支えてくれる。

『今は離れていても、僕たちは同じ未来を行く』

劉帆は、珠蘭を助けるために動いているのだろう。いつか来る救いの日を待つだけではだめだ。

(立ち止まってはだめ。稀色の世を目指すと約束したから)

文から視線を剝がす。曇りのない、晴れやかな表情だ。

「水影、ありがとうございます」

礼を告げると、水影は照れくさそうに目を反らした。

「別に。ただ文を届けただけ」

「でも、元気が出ました。水影のおかげです」

人との繋がりを信じる。今までもそうだった。劉帆の言葉は、于程業によって曇りかけた心を晴れやかにしていく。

「于程業に何を言われても、私は困っている人を放っておけません」

珠蘭の善意は名を広め、名が広まるほど霞正城に帰れなくなる。だからといって手を差し伸べない選択はしたくない。

文を読む前とは違う力強いまなざしに気づいたのか、水影が笑った。

「それでこそ、あたしの嫌いな董珠蘭だ。真面目でお節介で、面倒な子」

「褒められている気がしませんが、褒め言葉として受け取ります」

「解釈は任せるけど。それで、どうするの？」

珠蘭は力強く拳を握る。そして水影に語った。

「まず頼まれたことを調べます。首に傷跡のある方の情報を集めます」

燕晶が友人を捜していたことを于程業は知っていた。友人の失踪に于程業も関わっているかもしれない。

「今はここで、私に出来ることをします」

劉帆と珠蘭。今いる場所は違えど、同じ道を目指している。そう信じて、今はこの場所で動くだけ。

＊＊＊

翌日。陽が高くなった頃、珠蘭の幕舎にやってきたのは興翼だった。

「今、大丈夫か？　少し話がある」

ちょうど水影は席を外していた。もしかすると、水影がいないのを知って、ここに来たのかもしれない。

「話とは何でしょう」

「その……都に行った時は、永名がいて聞けなかったから。あれからどうなのか、あんたの気持ちを聞きたくて」

興翼が言う『あれ』が何を意味するのかわからない。それに、興翼らしくない口ごもり方をした問いかけだ。珠蘭は悩みながらも、答える。

「今は、燕晶さんに頼まれた『首に傷跡のある、私と同じ年齢くらいの男性』について考えていますが」

都で燕晶から頼まれたことについて、興翼に話していない。拠点に戻れば于程業がいたため、話す間がなかったのだ。そのことを聞いているのかと考えたのだが、この返答は興翼の想定外だったらしく、首を傾《かし》げてしまった。

「あ？　なんだそりゃ」

「この拠点に出入りするようになってから失踪したそうです。心当たりはありませんか？」

「どうだろうな。たくさん人がいるから、覚えてない」

反応を見るからに隠している様子はない。興翼が言う通り、この拠点にはたくさんの人が出入りをしている。見かけたとしてもいちいち覚えていられるのは珠蘭ぐらいだろう。

燕晶のためにも早く見つけたいところだが、なかなかうまくいかないようだ。落胆する珠蘭だったが、なぜか興翼は苦笑いしていた。

「あんた、相変わらず変なことに首を突っ込んでるんだな。俺が聞きたいのはそれじゃないってのに」

「では、興翼は何を聞きたかったのでしょう？」

「劉帆に会えたのに、俺が連れ戻しただろ。それについて聞きたかった。もっと泣いたり喚《わめ》いたり、俺を責めると思っていたから」

興翼は視線を泳がせ、おずおずと訊《き》く。

「……あんた、劉帆のことが好きなんだろ？」

「はい。そうですが」

「即答かよ。それってあれだぞ、友人とかじゃなくて、大事な——」

「恋愛的な意味ですね」

「お、おう……」

恥じらったりする様子はまったくなかった。恋愛について口にするというのに悩みもなく、瞬時に答えている。珠蘭のその反応に、興翼は意表を突かれて戸惑っていた。

「あんた、本当に変わってるな」

「そんなことはないと、思いますけど」

「でも劉帆が好きなら尚更《なおさら》、俺を責めるだろ。劉帆が迎えにきた時、あんたを止めたのは俺だぞ。霞正城に戻っていれば、反不死帝同盟だってこうなっていない」

興翼が言うことは理解できる。興翼に連れ戻されなければ、珠蘭は霞正城に帰れていたかもしれないのだ。しかしそれについて興翼を責めたところで、過去は変わらない。珠蘭ははっきりと答える。

「前を向くしかないと思っています。私は私のできることをするだけです」

「……わかった。あんたらしいな」

珠蘭と劉帆を引き離したことについて、興翼なりに葛藤があったのかもしれない。彼は安堵《あんど》したような表情をしていた。

外がばたばたと騒がしい。この幕舎に人が来る気配はなさそうだが、どうにも落ち着かない。忙《せわ》しない物音に珠蘭は顔を顰《しか》めた。

「今日は一段と賑《にぎ》やかですね」

「急激に人が増えたからな。あんたを慕って、ここに来るやつが増えた。あと濾州《ろしゅう》の使者も来てるはずだ」

濾州の使者と聞き、珠蘭の表情が変わる。

「濾州？　では反不死帝同盟の影響は都以外にも？」

「あんたが思っている以上には広まってるよ。先日は濾州刺史が反不死帝同盟側につくと言ってきた。望州《ぼうしゅう》はとっくにこちら側だったからな。他にもある。名前を出せばきりがない」

珠蘭は絶句していた。霞の島全土に広まっているとなれば、珠蘭が思っている以上に霞正城は危ない状況にあるのかもしれない。

「ま、知らなくて当然だろ。あんたは、霞正城の後宮という分厚い壁の中にいたんだから」

これまでにも民の反発や暴動が起きたという話は聞いていたが、珠蘭が現地に行くことはなく、劉帆や海真からその話を聞くのみであった。そのため、急に反不死帝同盟が現れたような感覚でいた。

しかし興翼の反応を見るに、異なるのだろう。

「不死帝が怖い。仮面を着けなければいけない。そういった制限や恐怖に抑圧され、人々の不満は高まっている。こんな不気味な者に支配されず自由に生きたい——叛意《はんい》を持つ者は多くいた。そんなやつらに『反不死帝同盟』という名と、集まるきっかけを与えただけだ」

皆にとって不死帝とは未知なる存在だった。しかし、都に現れた不死帝やその行動など神秘性を疑う出来事をきっかけに、不死帝への恐怖が崩れていったのだ。

「斗堯国も俺も、不死帝は不気味で恐ろしいものだった。でも、仕組みを知れば、うまいこと作っているもんだ。大がかりな仕掛けで人や国を騙《だま》している」

「恐れていたのに、興翼は霞に来たのですか？」

「あー、まあいいか……あんたに、少し故郷の話をする」

そう言って、興翼は長く息を吐いた。宙を見上げながらも、その瞳には遠い郷里が映っているのだろう。彼は静かに、穏やかな声で語り出した。

「斗堯国は霞の美人さんを集めてたって話しただろ。あれは全部、斗堯王《とぎょうおう》の嗜好《しこう》なんだ。王城には俺以外にも皇子がいる。俺含めて皆、斗堯王の子だけど、母親は誰かわからない。そんな好色な王に美しい娘を献上する者は多く、斗堯王は飽きれば娘を簡単に捨てていった」

興翼は語らなかったが、その一人が伯花妃の姉・伯慧佳《けいか》だろう。伯慧佳は永霞《えいか》の玉《ぎょく》と讃《たた》えられるほどの美人だったが、斗堯国に送られていた。

「想像すれば反吐《へど》がでる。最悪な場所だ」

興翼は後宮を嫌っていた。彼が霞正城に潜入していた時も、それを珠蘭に言い当てられている。彼にとって、後宮とは嫌な思い出がたくさんある場所なのかもしれない。

「でも、斗堯王は好色すぎたために問題を作ってしまった。後継者候補が多すぎて、誰を次の王座に就けるべきか迷ってしまった」

「興翼は、斗堯王になりたかったのですか？」

躊躇《ためら》いの間を置かず、興翼は力強く頷《うなず》いた。

「ああ。後宮は嫌いでも、あの国は嫌いじゃねえんだ。だから国を変えるために斗堯王になりたい。そこで斗堯王に命じられた。霞の不死帝の秘密を曝《あば》けば後継者として認める。そして不死帝の秘密を曝けたのなら、霞を獲《と》れと」

この言葉に珠蘭は目を剝《む》いた。国を持って帰ってこいとは、無茶な提案だ。斗堯王は興翼を後継者として認める気がないように思える。しかし興翼は、疑わず真《ま》っ直《す》ぐに、前を見つめていた。

「だから、俺は不死帝を倒す」

「国のために不死帝を……于程業と協力しているのは目的が合致しているからでしょうか？」

「あいつの目的は俺にもわからねえ。でも俺は俺のやるべきことをするだけだ。斗堯王になって、斗堯国を変える」

言い終えると、興翼は珠蘭の方を向いた。決意を語る真剣な表情は一瞬で和らぎ、優しい笑顔になる。

「だから、あんたも一緒に来て欲しかった。あの斗堯国に戻ったとしても、俺はあんただけは信じられると思ったから」

「すみません。それは——」

「言うな。二度も断られたら、落ちこむだろ」

苦く笑っているが、その裏では興翼の切なる想《おも》いがあるのかもしれない。珠蘭はそれに触れないよう、気づかぬふりをして視線を逸《そ》らす。

「あんたを連れていくのは諦める。でも、俺がやることだけは邪魔しないでくれ」

珠蘭は返事に迷った。興翼の目的が不死帝を倒すことであるのなら、邪魔をしないと約束はできない。だが嘘《うそ》をつくのも嫌だった。

そんな珠蘭の迷いを見抜いたのだろう。興翼は短く笑うと立ち上がった。

「……あんたが、元気になってよかった。そうやって、何かのために動いている時が一番輝いてるよ」

興翼は歩いていく。すれ違い様、珠蘭を励ますように、ぽんぽんと頭を撫《な》でられた。

彼の姿が出て行こうとするのを目で追う。珠蘭の頭は不死帝のことでいっぱいだった。

（斗堯国や興翼の思惑はわかったけれど、扇動された民はどうなるのだろう）

不死帝から解放されたい。その思いが、反不死帝同盟に集まっている。

（霞が好きだから、より良い国に変えたくて集まっている。一方で瑠璃宮や六賢は霞が好きだから、霞を守りたくて不死帝を作っている。それぞれが霞のことを思っているのに、すれ違っているみたいだ）

そして興翼が幕舎を出ようとした時だ——いきなり水影が駆けこんできた。興翼も驚き「うわっ」と声をあげて後退《あとずさ》る。

「永名、何慌ててんだよ」

「……急いで珠蘭に伝えないといけないので」

水影は興翼に構わず、珠蘭の許《もと》に寄る。

「首に傷跡がある男の遺体が見つかった」

燕晶が捜していた男と、特徴が一致している。珠蘭は目を見開き、絶句していた。

「話を聞く限り、誰かに殺されたんだと思う」

「殺す？　どうして、ここには志を同じくした人が集まるのでは……」

「珍しいことじゃない。この拠点では、あんたが来る前から人が殺されることがあった。あんたが来た後にも、他殺の遺体が見つかったことがある」

この手の話に慣れているのか、水影や興翼に驚いた様子はなく、狼狽《うろた》えているのは珠蘭だけだ。

燕晶に報告するためにも現場に行かなければ。珠蘭が立ち上がろうとした瞬間、興翼が動いた。

「待て。あんたが行ってどうする」

「ですが、見に行かなければ、燕晶さんにお伝えできません」

「お人好《ひとよ》しすぎるだろ」

興翼は呆《あき》れたように吐き捨てる。

「劉帆が刺された時、あんたはしばらく心を失った。今回だって死体をその瞳に焼き付けたらどうなるかわからない。ここで待ってろ」

これに水影も同調した。

「あたしもそう思う。あたしだけ行ってきて、遺体を見てくるよ」

「その方がいい。珠蘭だって、永名が見たものなら信じるだろ」

興翼と水影が話を進めていく。それらをぼんやりと眺めながら、珠蘭は自問自答する。

(死体を見たら……また心が囚《とら》われるのだろうか)

春嵐《しゅんらん》事件も黒宮襲撃も、珠蘭はなるべく思い出さないように努めている。しかし新たな悲劇に直面すれば、どうなるのだろう。

波音がする。稀色の瞳に焼き付いた記憶を探す時の、故郷の海の音。この音を聞くといつも心が急《せ》かされる。黙っているだけでは波に呑《の》まれてしまいそうで、もがきたくなる。

(反不死帝同盟で起きている殺人事件……でもここに、鍵があるかもしれない)

現状を打破するための鍵であり、稀色の瞳が持つ弱点を克服するための鍵。

手が、動いていた。波をかきわけるように手を伸ばし——幕舎から出て行こうとする水影を引き止めていた。

「私も、行きます」


遺体が見つかったのは、幕舎がいくつも並ぶ拠点から少し離れた、山の麓に広がる森の中だ。

珠蘭たちが着くと、既に人が集まっていた。警戒しているためなのか武装した者たちが多い。それぞれが持つ刀などはばらばらで、質の良いものもあれば悪いものもある。寄せ集めの武具と言っても過言ではない。

「本当に大丈夫か？」

念押しで、再度聞いたのは興翼だ。

珠蘭は足を止める。

(怖い。人が死ぬ場面、殺された場面。それらをこの瞳で捉えるのは恐ろしい)

恐怖心はある。だがそれを上回るように、珠蘭の胸にある使命感。

(私が目を背ければ、苦しむ人が増えるかもしれない。傷つく人が増えるかもしれない。そう思ったら立ち止まっていられない)

ぐっと拳を握りしめ、震えを隠す。

(今を変えるきっかけになるかもしれない。だから——)

劉帆のことを思い出す。今も彼は霞正城にて珠蘭を救おうと動いているだろう。この道の先は繋《つな》がっていると信じている。だから待つだけではだめだ。何かを得られるかもしれないから。

珠蘭は改めて興翼に向き直り、答える。

「大丈夫です。もう、虚《うつ》ろになったりはしません」

覚悟は出来ている。その言葉を聞き届けた後、興翼は人だかりに近づいていく。

すると、数名が興翼に気づいて振り返る。その視線が興翼を飛び越え、珠蘭に向くなり、声があがった。

「珠蘭様！　珠蘭様が来てくれた」

一人が叫ぶと次々とこちらを振り返る。遺体の発見現場を隠すようにあった人の波は、道を作るかのように割れた。

「……あんた、随分と慕われてるな」

案内してもらわずとも済んだことに、興翼は苦笑している。

ありがたいのだがこうも注目されるとむず痒《がゆ》い。珠蘭は引きつった顔をしながらも遺体の許に進む。

地に横たわる人間が見えた。あれが遺体だろう。

（瞳が……痛い）

瞳の奥がじりじりと灼《や》けるように痛む。遺体を記憶に焼き付けることを、本能的に拒否したのかもしれない。珠蘭はぐっと唇を噛《か》んで堪えた。

土気色をした顔に生気は感じられない。腕や足もだらりとし、傍目《はため》に見ても生きていないことがわかる。土汚れが付着しているが装いからして貧しい出自だろう。質の悪い布地には縫い繕った跡があった。

「燕晶さんが捜していた方、ですね」

首に傷跡がある。傷跡の特徴も燕晶が話したものと同じだ。珠蘭が呟《つぶや》くと水影が頷いた。

「だろうね。残念だけど嫌な予感が当たったね」

「伝えるのが心苦しいですね」

「でも、あの子は覚悟していたはずさ」

自分で何度も拠点に通うほど友人を捜していた燕晶の気持ちを思うと胸が苦しくなる。

結果としては死体で見つかったが、この結末に至った理由はわからない。彼女に報告するためにも、珠蘭はぐっと堪えて遺体を眺めた。

「……矢で射られたのでしょうか」

珠蘭が問う。胸、腹部、肩の三箇所はじわりと血が滲《にじ》んでいる。これを聞き、興翼は遺体を持ち上げ、背を確かめる。背にも同様の傷があり、こちらには折れた矢が残っていた。

「後ろから矢で射られたみたいだな」

遺体はこの辺りで、うつぶせで倒れていたらしい。背には三本、矢が刺さったままであった。発見者が遺体を動かし、矢は折れたのだろう。

「これまでに見つかった遺体もどれも矢で射られたような跡があったの」

水影が言った。珠蘭はそれを聞き、首を傾《かし》げる。

「同一犯でしょうか？」

「可能性はあるかもね。遺体が見つかる場所もいつもこのあたり。仙間山の近く」

それは聞き覚えのある名だ。

（燕晶さんも仙間山と言っていた。この山の近くに何かある？）

珠蘭は山を見上げる。ここから見るとただの山にしか見えないものの、遺体がいつも見つかるとなれば何か理由があるのかもしれない。

「矢は折れたんですよね？　では先端……鏃《やじり》が体内に残っているのでは」

「あ？　俺に探せって言ってるのか」

「思いついただけです。何か証拠になるかもしれないと思って……毒など塗られているかもしれませんし」

見るに興翼は不満そうだ。顔をしかめ「俺はやらない」とはっきり告げている。

しかし前に出たのは水影だった。遺体の前に膝をつく。

「あたしがやるよ」

これに興翼が表情を変えた。

「あんた、遺体に触れるのが怖くないのか」

「……怖いと、思えるような立場ではないから」

水影の返答は小さな声だった。興翼が全てを聞けたのかはわからないが、珠蘭には水影の心が少しだけ見えた気がした。遺体に向けた、哀れむようなまなざし。彼女は自分が犯した罪を忘れていないのだ。

「これが珠蘭のためになるなら構わない」

ぼそ、と小さく呟き、遺体に手を伸ばす。

「本当に、荀黄鵬が返ってきたみたいだよ」

数歩離れたところから水影の作業を眺めていた珠蘭の耳に、知らぬ者の声がかかる。振り返ると、隣に老婆が立っていた。

「騒ぎがあったと聞いて見に来たんだけどねえ。いやあ……なんだってこんなことが起こるのやら」

「おばあさんも、反不死帝同盟に？」

「息子に勧められたんだよ。荀黄鵬みたいな英雄がいる、不死帝なんかに怯《おび》えなくていいって息子が言うからねえ……でもこれでは、どこも変わらないのかもしれない」

老婆はため息をついていた。

(荀黄鵬……史明は、于程業の心を解く名だと言っていたけれど)

口ぶりからして老婆は荀黄鵬について知っているのかもしれない。珠蘭は老婆に問う。

「荀黄鵬についてご存じなのですね」

「そうだねえ。長く生きすぎてしまったけれど、あの子がいたことは忘れていないよ」

「では荀黄鵬に会ったことがあると？」

老婆はしっかりと頷《うなず》いた。

「あるとも。もう三十年以上は前になるかね、あの頃を生きた都の者なら皆が知っていただろうね。都で困ったことが起きれば、すぐに駆け付けてね、あの子は人一倍力が強くて観察力があったから、物事を見抜いて簡単に解決してしまうんだよ」

やはり、荀黄鵬は都に住んでいた者であり、都では名の知れた存在だったようだ。

「忠義に厚くて、誰よりも不死帝を信じていた。いつか霞正城で、不死帝の力となると話していてね……そんな日が来れば、よかったのだけど」

「……亡くなった、んですよね」

「いいや違う。殺されたのさ」

老婆はきっぱりと断言する。

「何があったのかは誰にもわからない。突然、荀黄鵬は死体で見つかったのさ。傷跡から して誰かに殺されたんだろう。人の恨みを買うような子ではなかったのに」

この世にいないことはわかっていたが、まさか殺されていたとは。珠蘭は言葉を呑み、考える。

（荀黄鵬と于程業に関わりがあるって……二人の関係はいったい……）

そこへ老婆との会話を聞きつけたのか、他の者も寄ってきた。

「なんだい、荀黄鵬の話をしてるのかい？」

「珠蘭様を見ていると、昔を思い出しちゃってね」

「まったくだ！　みんな、荀黄鵬が女になって返ってきたって話してるよ。もしかしたら荀黄鵬の無念が珠蘭様になったのかもしれない、なんてな」

男はからからと笑っていたが、その言葉には引っかかるものがあった。

「荀黄鵬の無念、ですか？」

この問いかけに、男が頷く。

「あいつは殺されてな。でも、誰が殺したのかはわからないまま。犯人捜しもそこそこで終わってしまったんだ」

「せめてもっと調べてもらえれば。霞正城が動いてくれたらよかったのに」

男も老婆も嘆いている。それほど荀黄鵬の死には謎が多いのかもしれない。そこで、老婆が思い出したように顔をあげた。

「荀黄鵬には友人がいたんだよ。頭の良い子でね、殺された時にもその子が駆け付けたはずなんだ。その子が調べてくれたはずだけど」

「友人？　その方は今どこに？」

「そういえばずっと見ていないね。どうしたのかしら。名前は確か……」

そこまで言って、老婆は考えこんでしまった。思い出そうとしているのだろう。

思案するべく老婆がより背を曲げ、首を傾げ――その時、老婆の向こうにいた人物と目があった。

（于程業……！）

珠蘭から離れた向こうに、于程業がいる。他の者と話していた途中のようだが、于程業はなぜか珠蘭を見ていた。いや、睨《にら》んでいる。

その形相はこれまでに見たことのない、荒々しいほどの怒りに満ちている。珠蘭の体がびくりと跳ねて怯えるほどの。

しかしすぐに于程業は顔を背けた。何かを思い出したように、ふらりと去っていく。于程業に話していたのだろう人物が慌てて声をかけていたが、于程業は振り返りもしない。

（様子がおかしい。何か変だ）

珠蘭はすぐに駆け出した。

足音を立てぬよう気をつけてはいない。ただ、早歩きで于程業を見失わぬよう後を追っただけだ。

だというのに于程業は珠蘭が来ていることにも気づいていないかのような素振りで、夢中で森の中を行く。振り返ることはしなかった。

やはり于程業の様子がおかしい。いや、突然おかしくなった。

そう考えていると、于程業は足を止めた。荒い呼吸に合わせて肩が上下している。深く息を吐いて、近くの木にもたれかかった。

珠蘭は一定の距離を開けて于程業の様子を観察した。近づいて、ここにいることを知られてはいけない気がしたのだ。

于程業は地面を睨みつけ、思いを巡らせているようだった。そして、懐から紙を取り出す。年月を経たことを示すように紙は褪《あ》せ、傷んでいる。

（文を見ている？　あの文を書いたのは誰だろう）

于程業の視線は文に落ちる。細めた瞳が追う文字には、彼にだけ見える懐かしさが刻まれているのだ。苦しそうに顔を歪《ゆが》め――そして。

ぱき、と乾いた音が響いた。

「あ……」

その音は珠蘭の足元から。気づかぬうちに小枝を踏みしめていたらしい。重さに耐えきれずに響いた音は、于程業にもしっかりと届いてしまった。

于程業はこちらを見やると、すぐに文を隠した。

「おや。こんなところでお会いするとは」

こちらに寄ってくる于程業の表情に、先ほどの繊細さは感じられない。人を唆す狐《きつね》のように瞳は細められている。

「遺体を見に来たのでしょう？　遺体はこちらではありませんよ」

「道に、迷いまして」

「おやおや。稀色の瞳があるというのに迷子ですか」

于程業は足早にもと来た道を引き返していく。

珠蘭はその場で立ち尽くし、稀色の瞳に焼き付いた文の文言を嚙みしめていた。距離が開いていたため全てを見ることはできなかったが、一部は見ることができた。文に添えられていた署名は心に困惑を生んでいる。

（あの文には、荀黄鵬の名が書いてあった。荀黄鵬が于程業に宛てた文ならば……）

大切なものとして、文を持ち歩いているように見えた。しかし覗《のぞ》き見えた一文は于程業の行動と一致していない。

瞼を伏せ、もう一度思い出す。荀黄鵬が綴《つづ》った言葉、それは──。

『この国の平和のために、不死帝の力となっていこう』


于程業から少し遅れて、珠蘭も遺体発見の現場に戻った。すると森から出てきた珠蘭に気づき、水影と興翼が駆け寄ってくる。

「どこにいたんだ。捜したぞ」

「すみません。道に迷いました」

先ほども使った言い訳だと苦笑する。興翼は呆《あき》れていたが、それ以上の追及をしなかった。

珠蘭がいない間に、遺体はなくなっていた。運び出されたのだろう。その代わりにと水影が折れた矢を持ってきた。

「これは、遺体に残っていた矢。引き抜いてそのままにしてある。毒が塗られてないことも確認してあるから」

受け取り、矢を調べる。その鏃には、小さくだが見覚えのある紋様が刻まれていた。

(これまでに見つかった遺体も矢で射られている。場所はどれも仙間山の近く)

珠蘭は瞳を伏せ、考える。おおよその推測はついていた。殺された者も、その理由も、薄《うっす》らとだが見えている。

珠蘭はまず、集まった人たちに向き直った。

「皆さんにお願いがあります」

人々はしんと静まり、珠蘭を注視する。

「しばらく仙間山付近には近づかないようにしてください。ここにいない人たちにも伝えてもらえると助かります」

珠蘭が考えている通りならば、他の者が仙間山に近づけば同じ事件が起きる。これ以上の被害を止めるには、仙間山付近への立ち入りを禁じるしかない。その理由を、ここで口にすることは出来なかった。

「仙間山に？　どうして」

「でも、珠蘭様が言うのだから……」

「人が死んだ場所だしねえ。珠蘭様の言う通り、近寄らない方がいいかもしれないよ」

納得してもらえるかと不安だったが、皆の反応を見るかぎり聞き入れてもらえそうだ。

次いで、珠蘭は興翼の許《もと》に寄る。

「興翼。今回見つかった遺体について、燕晶さんに伝えたいです。拠点に呼んでもらうことはできますか？」

珠蘭は囚われの身であり、前のように都に出るには皆に協力してもらわなければならない。そのため燕晶を拠点に呼ぶのが早いと考えたのだ。彼女を呼ぶには興翼が最適である。

「別にいいけど。ここに連れてくればいいのか？」

「手荒なことをしないようお願いします」

「わかった。じゃあ、俺が行ってくる」

燕晶を呼びにいくのが興翼と聞いて、珠蘭は安堵《あんど》した。他の者ならば何をするかわからないと考えていたためだ。


幕舎に戻って待っていると、興翼と共に燕晶がやってきた。拠点に近づくことに恐怖があるのか、顔色が良くない。しかし幕舎に入り、珠蘭と目を合わせると安心したらしく、表情が和らいだ。

「珠蘭様。お話があると伺いましたが」

明るい声音から察するに、燕晶は友に会えると期待していたのかもしれない。彼女の思いを裏切るようで、打ち明けるのは心苦しい。

「……ご友人が見つかりました」

「ああ、よかった！　どこにいるんです？　今日会えるのでしょうか」

興翼も水影も、暗い面持ちで俯《うつむ》いている。珠蘭も告げてよいものか悩んだ。

（嘘《うそ》をついた方が、幸せなのかもしれない）

友は遠くにいる。二度と会えない。そう伝えれば、彼女は深い傷を負わずに済むだろうか。

悩んだものの、珠蘭は顔をあげた。まっすぐに燕晶と向き合う。

「遺体で見つかりました」

伝えるなり燕晶の顔が固まった。愕然《がくぜん》としている燕晶を直視するのは苦しく、珠蘭は視線を逸《そ》らして続けた。

「遺体は仙間山の近くで見つかりました。矢で射られた跡があったことから殺されたのだと思います」

「そ、んな……」

力が抜けたかのように、へなへなと燕晶がその場に座りこむ。愕然とした瞳は次第に潤み、大粒の涙が目尻からこぼれ落ちた。

「犯人は……誰が、殺したんですか……」

見当はついているが、それを明かして良いものか。燕晶を危険な目に遭わせてしまうかもしれない。悩んでいると、水影が動いた。

「犯人はわからない」

それは嘘だ。けれど、珠蘭の嘘をつけない性格を踏まえ、水影が代わりに告げたのだろう。今は水影の優しさがありがたい。

「辛《つら》いかも知れないけど、立ち上がるんだ。覚悟はできていたんだろう?」

燕晶は床に伏せて泣いていたが、水影の言葉を耳にすると眦《まなじり》を拭って立ち上がった。

「……覚悟はしていました。大丈夫です」

目は赤く瞼《まぶた》は腫れている。それでも珠蘭と水影をしっかりと見つめていた。

「伝えてくださってありがとうございます。見つからぬままだったら、私は永遠に彼を捜していたでしょう」

燕晶は彼のことを友人だと語っていたが、もしかすると別の感情を秘めていたのかもしれない。彼女がこぼした涙には友情以外の熱が混ざっていたように思う。

「今さら後悔しても遅いですが、彼は仮面を外した私と話したいと言っていたんです」

今日は拠点に来ることもあってか燕晶は仮面を着けていない。都にいる時は常に着けているらしく、頬には仮面の日焼け跡が残っている。

「けれど彼に嫌われてしまうかもしれないと、素顔を見せることが怖かった。彼を捜すために拠点に行く時は仮面を外せたのに」

「大切な方だったんですね……」

「でも、そう思っていたのは私だけかもしれません。彼だっていつも仮面を着けていたから、同じ気持ちなのかわからなかった」

一枚の仮面が、距離を隔ててしまう。燕晶は嫌われることを恐れて、仮面を外せず、胸のうちにある好意を伝えられなかったのだ。彼女の涙にはその後悔が滲《にじ》んでいる。

「珠蘭様。本当にありがとうございました。私はそろそろ戻ります。彼の家族にもこのことを伝えなければ」

燕晶が頭を下げた。そして、懐から仮面を取り出すと、じっと見つめていた。

「彼の家族に伝えるのは辛いけれど、仮面を着ければ気持ちを隠せる——ふふ、こういう時は便利ですね」

その言葉と共に、涙が仮面に落ちた。燕晶はそれを指でさっと拭い、仮面を着ける。

顔《かんばせ》は腹の鏡である。仮面を着ければ表情を隠す。燕晶の悲しみも、涙も、仮面が覆い隠してしまった。

(仮面で感情を隠して……これで、本当に良いのだろうか)

珠蘭の胸が切なさで締め付けられる。

仮面がなければ、燕晶は勇気を出して思いを告げていたかもしれない。涙を隠して気丈に振る舞う必要もない。

不死帝のために作られた霞の仮面。それは、珠蘭が思う以上に人々を縛り続けている。

燕晶が去るのに合わせて、興翼も立ち上がった。

「じゃあ、俺が送ってくる」

「お願いします。手荒なことはしないでくださいね」

念を押すと、興翼は苦笑した。

「安心しろ。無事に送り届ける」

斗堯国との関係上、興翼にも不安なところはあるが、今回は彼の言葉を信じたい。

幕舎から燕晶と興翼が消えると、珠蘭は用意しておいた文を取り出した。そして水影に告げる。

「水影。これを劉帆に届けてもらえませんか？」

「いいけど。何が書いてあるのか聞いてもいい？」

「今回の件でわかったことです。水影に届けてもらう間に、私は話をしてきます」

「話って、誰と」

燕晶に明かしたのは一部に過ぎない。珠蘭の頭にはこの事件の真相が見えている。解き明かすべき場所はここではない。興翼に頼み、約束は取り付けてある。

「于程業と話をします」

この事件を解くためには、一人で彼と言葉を交わさなければならない。

ようやく于程業と話が出来たのは日が沈んだ頃だった。夜でも人の往来ができるよう拠点のあちこちに篝火《かがりび》が灯《とも》っている。煌々《こうこう》とした明かりのわきをすり抜け、于程業の幕舎に入る。

彼は珠蘭が来るのを待っていたのだろう。椅子に腰を下ろし、悠然とした態度だった。

「話があるそうですね。あの遺体から、何か得られましたか？」

「はい——これです」

水影に見つけてもらった鏃《やじり》を于程業の前に置く。于程業は一瞬眉を動かしたが、何事もなかったように微笑《ほほえ》んだ。

「この鏃に、小さいですが紋様が刻まれています。これと同じものが、興翼や青果店で難癖をつけていた人が持つ刀にも刻まれていました。だから斗堯国で作られたもの、もしくは斗堯国で支給されたものかと思っています」

「ほう。では、今回の事件は斗堯国の者がやったと？」

「はい」

「動機は？　それとも、犯人がわかったから自慢をしにきただけですか？」

「動機は……おそらく仙間山です」

于程業は目を見開き、それからにやりと笑みを浮かべた。

「斗堯国から多くの人、いえ、兵が送られているのだと思います。だから春嵐《しゅんらん》事件だって起こすことができた。この反不死帝同盟はそういったものを隠す、隠れ蓑《みの》にちょうどいい」

「では反不死帝同盟には斗堯の兵が紛れていると、君は考えている？」

「そうです。ですが斗堯の兵を一気に反不死帝同盟に合流させてしまえば都の人たちに不審がられる。だから少しずつ合流していく。その時に、斗堯国から武器の類《たぐい》も持ってくる」

反不死帝同盟の拠点では武装した者たちがいる。同盟を守るためと理由をつけ、武装した者が歩くことは当たり前となっていた。さらにその武装といえど、質の善し悪《よあ》しはばらばらだった。

不死帝を討つ。そうなれば霞正城の禁軍とも戦うことになる。そのためには多くの武器が必要だ。霞で集めようとすれば目立ち、霞正城の耳に入る。しかし斗堯国から提供を受けていたのなら話は変わる。

反不死帝同盟に加わろうと都の民に紛れて、斗堯の兵たちが合流し、拠点を堂々と歩いていたのだ。では合流するまでの間、斗堯の兵たちはどこに隠れているのか――それが仙間山だと珠蘭は考えた。

「仙間山に近づいた者、もしくは斗堯の兵が隠れ潜んでいると知った者を口封じした――それが今回の事件かと思います」

于程業はくつくつと笑っていた。その笑みの裏に、どんな感情があるのかは探りきれない。

「あなたが仙間山に行って確かめればよかったのでは？」

「行けば殺されるでしょう。だから、ここに来ています」

否定しないところを見るに、珠蘭の推測は当たっているのだろう。しかし于程業の眼光に秘める鋭さはまだ消えていない。彼は笑みを浮かべ、再び珠蘭を見る。

「斗堯の者が犯人であると考えるのならば、私ではなく興翼と話せば良い。どうして私の許《もと》に？」

「興翼ではだめです。斗堯国と繋《つな》がっているのは興翼ではなく、あなたです」

興翼は斗堯国第三皇子であるが、于程業とは異なる目的を持っている。

彼が目指すものは自国の安寧。斗堯王を廃し、自らが王位につくことでより良い国を作りたいと考えている。霞や不死帝というのは、王位につくための手段にすぎない。

では于程業は誰と繋がっているのか。これは興翼の話から、珠蘭が推測したこと。

「あなたは斗堯王と手を組んでいる。だから、興翼は……きっとあなたに逆らえない」

興翼は于程業が仕掛けた罠《わな》を知らずに動いていた。興翼では、于程業を制することができないのだろう。

そして武器や兵の支給についても、たかが第三皇子の興翼がここまで大きく動かすことができるのかと疑った。そうなれば国──斗堯王が絡んでいると考えたのだ。

（けれど、この事件も過程の一つにすぎないのかもしれない）

斗堯の兵が潜んでいること。興翼ではなく斗堯王と于程業が繋がっていること。珠蘭が至った答えは、まだ結末ではない。

すべての物事は何かに向かって集まっていく。収束する。これらの用意をして于程業が成そうとしていること。

珠蘭はもう一度、于程業を睨《にら》みつける。

「これらの出来事から考えました。斗堯の兵を集め、武器を集め、民心を得て――近いうちに霞正城に乗りこむつもりですね？　きっと春嵐事件よりも、凄惨なことになる」

それが、珠蘭が得た真実と、そこから推測した結末だ。

不死帝を討つ。それは夢物語ではなく、現実に、それもまもなく起こる出来事なのだ。

「……ふ、ふふ。なるほど」

驚いたように目を見開いていた于程業は突然笑い出した。愉快だ、と言わんばかりに腹を押さえて笑っている。

「甘くみていましたよ。君のことだから、目先の件ばかり解決すると思っていたのに」

「私の推測は……合っているんですね？」

「合っていますよ。だとしても君はやはり莫迦《ばか》正直だ。そこまでわかっていながら、なぜ私と言葉を交わすのか。霞正城に文でも送って助けを求めればよいでしょうに」

珠蘭もそれを考えた。だが、どうしても于程業に聞きたいことがあったのだ。

短く息を吸いこむ。その名を語るのには勇気が必要だった。

「……あなたが、荀黄鵬の絵姿を持っていたからです」

于程業の笑みが消えた。

文だけではない。珠蘭はもう一つ、于程業の心に触れるものを見ている。

瞼を伏せ、思い返す。

虚《うつ》ろであった時に見たものを、記憶の海に問う。珠蘭が確かに見ていた、于程業の心。

「あなたは……都の人々に慕われた荀黄鵬の友だった。私は、あなたが大切に持ち歩いている絵姿を見たことがあります。あなたともう一人……あれが荀黄鵬でしょう」

于程業が珠蘭を殴打した時、その紙を見ている。暗褐色に変色した紙に、描かれていた二人の絵。絵の得意な人が彼らを描いたのだろうか。紙は年月を経ているというのに、大事そうに折りたたまれていた。

「そして文も持っていますよね。中身は少しだけ、見えてしまいました」

いつ頃のものかはわからない。だが、荀黄鵬が友に宛てた文だ。

『この国の平和のために、不死帝の力となっていこう』

『お前は俺の相棒だ』

『不死帝の元に仕えるお前が羨ましいよ』

その文章だけが見えた。だがじゅうぶんに荀黄鵬という人柄は伝わってくる。

不死帝を信じ、人々に優しく、直向《ひたむ》きな青年。友である于程業を大切にし、霞がより良い国になる未来を夢見ていた。

だからこそ、文の文字を盗み見た時から、戸惑っていた。今の于程業と、あまりにも違いすぎる。

「荀黄鵬はこの国を思っていたのですよね。不死帝を信じ、霞の人々を愛していた。なのにどうして――」

于程業は、真逆のことをしているのか。

その問いかけは最後まで口にすることができなかった。がくんと、力強いものが珠蘭の体を押す。

首が苦しい。息が出来ない。

「黙れ！　黙れ黙れ！」

眼前にいるのは于程業だった。怒りの形相でこちらを睨《ね》めつけ、その手は珠蘭の首を絞めている。

「う……ぐ……」

もがくも、于程業の力は強い。目は血走り、殺気立っている。

「貴様が語ってよい名ではない！」

于程業がこのように感情を表に出すことは珍しい。荀黄鵬がどれほど于程業の心深くに強く在在しているのかが伝わってくる。

（なんとか……しないと……）

首はぎりぎりと締め上げられ、呼吸ができず、意識が遠のいていく。

このままでは殺される。

(劉帆……)

思い浮かぶのは劉帆の姿だ。ここで死んでしまえば、劉帆はどれほど悲しむだろう。

珠蘭も、劉帆が死んだと思いこんでいた時、ひどく絶望した。心を閉ざした。劉帆も同じようになってしまうのだろうか。

(いやだ……諦めない)

「わ、たしは……」

体内に残る酸素を振り絞り、途切れながらもなんとか言葉にする。

「はなしが……聞きたい……です」

この場において、一番に思うこと。

于程業の企《たくら》みを止めることでも、斗堯国を止めることでもない。

于程業が何を思っているのか。彼の話が聞きたい。不死帝を慕った荀黄鵬という友を思いながら、不死帝を討とうとしているのはなぜなのか。

話が聞きたい。それが珠蘭が、一番に思っていること。

「……っ」

その言葉が于程業に届いた瞬間、彼は目を見開いていた。何かに驚いている。

同時に、どさりと体が落ちた。首を締め付けていた手は離れたが、咳《せ》きこむのがやっとで、満足に体は動かせない。ぜえぜえと、慌てて息を吸いこむ音だけが響いている。

「……董珠蘭」

珠蘭を見下ろすは、于程業の虚ろなまなざし。

「私はね、とっくにこの国を嫌っているんですよ。友一人の命さえ守ることができない。そんな国、残しておいたって意味がありません」

于程業はその場に膝をつく。身を屈《かが》め、伏している珠蘭に顔を近づけた。

「私の過去を君に話したところでどうなる。その瞳は知っているでしょう。焼き付けた過去は変わらない――そこに這《は》いつくばって、未来を嘆いているといい。この世に優しさなんて、ないんです」

苦しむ珠蘭を残し、于程業は歩き出す。

（……変えられないと、言ったけれど）

幕舎から彼の姿が消えても、珠蘭の心には違和感が残り続けている。

今も荀黄鵬からの文や絵姿を大切に持ち歩いているのに、なぜ不死帝や霞の破滅を願うのか。どうして荀黄鵬の名が出るたび、于程業は苦しそうにするのか。

変えられぬ暗褐色の過去を、彼は肌身離さず持ち歩いている。

第四章　蒼天《そうてん》に昇る

幕舎に戻った珠蘭《しゅらん》を見るなり、水影《すいえい》は顔をしかめていた。首にくっきりと残った手の跡から、于程業《うていぎょう》と一悶着《ひともんちゃく》あったことを察したのだろう。

「本当に、無茶をする」

面倒だと言わんばかりに大きなため息をつくも、水影は持っていた軟膏《なんこう》を手際よく首に塗っていく。

「見える位置の傷はやめてほしいのよね。文句を言われるのはあたしなんだから」

「文句……誰に言われるんでしょうか？」

「そりゃ決まってるでしょ。あんたのことを過保護に思っている霞正城《かしょうじょう》のあいつ」

そう聞いて思い浮かぶのは楊劉帆《ようりゅうほ》の姿だ。まさかと思い、振り返る。水影は「動かないで」と怒りつつも、答えてくれた。

「急ぎのようだと思ったから文を渡しにいったの」

「渡してくれたんですね！　劉帆や史明《しめい》は何と言っていましたか!?」

「あああもうるさい。落ち着いて」

文を書いたのは于程業と会う前だ。その時点で判明したことや珠蘭の推測を書いている。斗堯《とぎょう》の兵が潜んでいる話も書いた。

そのため反応が気になった。于程業と話し終えた珠蘭は、推測していた事柄が事実だとわかっている。劉帆たちはどう捉えただろうか。

「たぶん、これから何かが起きるんでしょう？　あんたの文を読んだ劉帆が血相を変えていたから」

「じゃあ、伝わったんですね」

「珠蘭を急ぎ霞正城に戻すって話が出てる。瑠璃宮はあんたのことを警戒しているから、瑪瑙《めのう》宮で身を隠しているのがいいんじゃないかって」

「私は……後宮に戻ると？」

水影は頷《うなず》いた。

「ここにいるのは危険だから。瑪瑙宮に隠してでも、後宮に戻そうって決まったの。だから明日にはここを出る」

「興翼《こうよく》や于程業に知られないようにしないといけませんね……大丈夫でしょうか」

「あんたの名前が都で広まったあたりから、あんたへの警備は薄くなっている。霞正城に行ったら殺されるから戻ることはないだろうって油断してるのよ。それに明日は、たぶん篝火《かがりび》の数が少ない日。夜なら行動が取りやすいから」

まさか後宮に帰れる日が来るとは思っていなかった。しかし、水影の話を聞く限り、戻ったところで自由に身動きは取れないのだろう。

喜ばしいはずである。しかし珠蘭の気持ちは沈んでいた。

（いま戻って……良《い》いのだろうか）

劉帆や史明に報告したいことがある。海真《かいしん》や沈花妃《しんファフェイ》にも会いたい。伯《はく》花妃のことも気になる。だというのに後ろ髪を引かれているような心地だ。何か、やり残したことがある。

（何をやり残したんだろう。私は、何を）

珠蘭は黙りこみ、自問自答を繰り返す。

瞼を伏せ、記憶を探る。それでも答えは見えてこなかった。


あっという間に時間は過ぎ、翌日の夜となった。この日を選んだのは興翼が不在だからのようだ。水影曰《いわ》く、興翼は時折拠点から離れる。おそらくは斗堯の兵が潜むところに向かっているのだろうが、珠蘭はそのことを口にしなかった。

興翼がいない隙を狙い、幕舎を出る。篝火の数はいつもより少なかった。手を回すなどはしていない。煌々《こうこう》と灯《とも》る日もあれば、夜に呑《の》まれそうなほど暗い日もあるらしい。

（夜に……斗堯の人たちが何かをしているのかもしれない）

明かりを減らせば、闇に紛れて動きやすくなる。篝火の数を少なくしてあるのはわざとだろう。

水影と森を抜ける。森の奥には水影が手配したらしい荷馬車があり、馭者《ぎょしゃ》らしき者もいた。

「ここに乗って。木箱の中に隠れてて」

普段よりも張り詰めた声だ。水影も緊張しているらしい。言われた通りに木箱の中に入り、身を丸める。蓋が閉まると一気に暗くなる。ごそごそと物音がした。用意していた布を木箱にかけたのだろう。耳を澄ませているうちに、荷馬車が動き出した。

道は悪く、がたがたと揺れる。木箱の中には摑《つか》まるようなものもなく、揺すぶられるがままだ。少し走ったところでこの揺れは具合が悪くなるものだと珠蘭は学んだ。

（……戻って、劉帆に話して、それから）

気分を変えるべく思考の海に潜る。ほどなくして于程業率いる反不死帝同盟は武装蜂起して霞正城に攻め入るだろう。斗堯国《とぎょうこく》が裏に絡んでいるが故、物資や兵はじゅうぶんにある。簡単に鎮圧できる戦いではないだろう。

霞正城にいる人たちも、都にいる人たちも。どちらも血を流してほしくない。

（春嵐《しゅんらん》事件の時に後悔した。予見できたかもしれないのにできなかった。でも今は——）

歴史を変える大きな出来事が、まもなく起こるとわかっている。

珠蘭は目を閉じた。どうしたら、止められるだろう。

胃の中身がすべて出てしまいそうな、最悪の揺れだった。出来ることならば二度と、木箱の中に入って荷馬車に乗りたくない。

ようやく蓋が開いた時には太陽が昇っていた。土臭い拠点と違い、華の香りがする。

「珠蘭！」

眩《まぶ》しさに目を細めていると声がした。そして誰かが木箱を覗《のぞ》きこんでいる。その姿を視界に捉え、まばたきを数度。夢ではないかと疑い、けれど消えずにいる。

「兄様！　沈花妃！」

海真に手を差し伸べられ、立ち上がる。そこは瑪瑙宮だった。沈花妃宛の荷物として木箱を瑪瑙宮に運び入れたのだろう。

海真の隣には沈花妃がいた。珠蘭が戻ってきた喜びなのか、泣いている。

「沈花妃、泣かないでください」

「だって、嬉《うれ》しくて……あなたがいなくなってから、わたくしは……」

「大丈夫です。こうやって戻ってくることができましたよ」

「やっぱりあの日、引き止めればよかったのよ。どうしてあなたを行かせてしまったのかと、それればかりをずっと……」

泣きじゃくる沈花妃を優しく抱きしめる。珠蘭の体にもたれかかり、それでも沈花妃の涙は止まらない。

「私は無事です。でも沈花妃や兄様に、ずっと会いたかった」

沈花妃の背を撫《な》でてなだめながら、海真を見やる。海真も珠蘭に会えた喜びを嚙《か》みしめているらしく、目がかすかに赤くなっていた。

「兄様も、怪我《けが》はよくなりましたか？」

「ああ、とっくに。珠蘭も無事でよかったよ」

海真の穏やかな笑顔を見て、珠蘭は安堵《あんど》する。温かな場所だ。ここが自分の場所だと改めて感じる。

「ほら、沈花妃。珠蘭を解放してあげて。珠蘭が君に抱き潰されてしまう」

「いやよ！　また珠蘭がどこかに行ってしまうかもしれないでしょう⁉」

「大丈夫だよ。もう戻ってきたのだから。ほら」

沈花妃はまだ珠蘭の体に縋《すが》り付いていたが、海真がそれを止めた。ふて腐れた沈花妃に苦笑しつつ、珠蘭は部屋の奥に向かう。そこにいるのは劉帆だ。隣には史明もいる。

「劉帆。戻りました」

劉帆は穏やかに微笑《ほほえ》み、珠蘭の頭を撫でた。

「おかえり。待っていたよ」

「やっと戻ってこられました」

「僕もずっと君を待っていた。それに――うん。その組紐《くみひも》は、やはり君によく似合っている。遠くにいるよりも近くで見ている方がいいな」

言われて、珠蘭は自らの髪に結いつけた組紐に触れる。今日だけではなく毎日、髪に着けていた。これがあると劉帆がそばにいるような気がする。

そして劉帆の髪にも、同じものが着いていた。

「劉帆とお揃《そろ》いですね」

「君がいない時はいつもこれを着けていたんだ。少しでも君と同じものを身に着けていたかったから」

「嬉しいです」

そう話していると、割りこむように海真がやってきた。そしてへらへらしている劉帆を睨《ね》めつける。

「二人は、随分と仲がいいな？」

「え？」

「まさか……二人は……いや、それはさすがに考えすぎか。でも劉帆はやたらと珠蘭のことばかり話す。そういえば二人で望州《ぼうしゅう》に行ったことも……」

海真は何かを言いかけていたが、沈花妃が慌てた様子で海真の腕を引いた。

「いいの！　海真は少し黙っていましょう」

「いや、珠蘭が……劉帆と仲が良すぎる気が――」

沈花妃はつま先立ちになり、海真の口を手で覆った。ふがふがと声が漏れている。相手が沈花妃だからか、海真は手で払いのけることもできず、されるがままだ。

そのやりとりを見ているうちに、笑みがこぼれていた。

「ははっ。海真は、沈花妃相手だと何もできないな。尻に敷かれてそうだ」

「あんな兄様は初めてみます」

「あれぐらいじゃないと、妹に過保護すぎる兄を止められないのだろうなあ」

笑いながらも、しみじみと劉帆が言う。

（ああ、やっぱり――この場所が好きだ）

見慣れた瑪瑙宮。海真や沈花妃に史明。そして劉帆がいる。一度離れたからこそ、この場所が尊いものであったと学んだ。

だからこそ、失いたくない。ここにいる人たちを傷つけたくない。

「……大切な話があります」

劉帆を真っ直《ま》ぐ《す》に見つめて告げる。

「だいたいは文で読んだよ。于程業……反不死帝同盟がここに攻めてくるのかもしれないのだろう？」

「はい。不死帝を討つ、その目的で彼らは動いています。裏に絡む斗尭国は、混乱に乗じてこの地を手に入れたいのでしょう。興翼がいるのもそのためです」

珠蘭は史明に向き直る。どうしても確かめたいことがあった。

「史明。私は、于程業と話をしました。荀黄鵬《じゅんおうほう》についても」

その名が出た途端、史明の仏頂面が崩れた。

「荀黄鵬からの文や絵姿を、于程業は今も大切に持ち歩いています。それを……史明も知っていたんですね？」

「……はい」

「于程業の友である荀黄鵬は殺された。だから、友の命を守ることもできないこの国に、于程業は復讐《ふくしゅう》しようとしている。間違いはありませんか？」

珠蘭が、荀黄鵬と于程業の関わりを知った。そう悟った史明は皆の前で改めて語り出す。

「師は……私が知る頃にはもう、唯一の友を失っていました。酒に溺れている姿を見たこともあります。あの人は、荀黄鵬を大切にしていた」

「史明は于程業から話を聞いていたんですね」

「ある時泥酔した師から、文や絵姿を見せてもらったことがあります。国を深く想《おも》っていた者を簡単に失ってしまう、このような国が憎いと語っていました。その頃の私は、それが本心ではないと思っていましたが」

「やはりそれほど……于程業は荀黄鵬を大切にしていたんですね」

「春嵐事件にて、師が本気だったのだと気づきました。ですが……師は、本当にこの結末を望んでいるのかと疑う時もあります」

史明はまっすぐ、珠蘭を見つめて告げた。

「人を唆し、弄んでは楽しむようなろくでもない師ですが……まだ、人の心はあると信じたい。だから珠蘭を殺さなかったのだと、私は思っています」

劉帆はうげ、と嫌そうに顔をしかめていた。于程業が珠蘭を殴打していたと水影から報告を受けていたのかもしれない。

しかし珠蘭は、史明の言葉が腑《ふ》に落ちた。人の心は残っている。

「……そうだと、私も思います。だから荀黄鵬の名が出る度に、苦しそうな顔をするのかもしれません」

「荀黄鵬は誰よりも霞を大切にしていたと聞いています。今、師が為《な》そうとしていることは、荀黄鵬の思いを裏切ることです。だから……師を止めてほしい」

この国を嫌う于程業と、この国を愛した荀黄鵬。

于程業はこの国を滅ぼそうとしているが、それは荀黄鵬が望んだこととは真逆である。だからこそ、于程業は苦しげな顔をして荀黄鵬の文を眺めていたのだろう。

「ではやることは見えましたね。于程業を止め――」

「待って」

珠蘭の言葉を遮ったのは、劉帆だ。彼は視線を落とし、暗い声色で呟《つぶや》く。

「本当に、止めてしまっていいのだろうか」

「劉帆……」

「手程業はこの国を滅ぼそうとしている。それを止めたら、不死帝が支配するこの国は変わらない。僕は、好きな人に好きだと言える国がいい。誰かが苦しみを抱えて不死帝になり、仮面で心を隠して生きるのは嫌だ」

この言葉に、海真は視線を落とした。沈花妃も沈痛な表情だ。

好きな人に好きだと言える国。その言葉がどれほど重いのかは、不死帝と花妃という立場で引き離されていた二人だからこそ知っているのだろう。

「僕は、不死帝を終わらせたい」

劉帆は皆を見回し、告げる。

「不死帝として囚《とら》われ、不死帝として死ぬのは嫌だ」

「でも……霞はどうなる？　不死帝がいるから、霞は他国に侵攻されず、長い間平穏を築けた。不死帝がいなくなったらこの地はまた戦乱に……」

問いかけたのは海真だが、言葉尻は弱くなっていた。彼は最悪の想像をしているのだろう。

不死帝とは、ただの箱のようなもの。多くの人々はその箱だけを見ては恐れてきた。この国は不死帝という箱への恐怖によって統べられている。ではその箱がなくなったら、この国は混乱を回避できない。最悪の場合、各地で戦いが生じる。

珠蘭は瞼を伏せる。思い浮かべるのは反不死帝同盟であった者たちや、都の人々。青果店の店主や燕晶《えんしょう》も。そして都にいたたくさんの人たち。皆が懸命に生きている。不死帝を恐れながらも、明日を思って生きている。

「私は、霞の人々を信じています。反不死帝同盟は、霞の人々が持つ力です。霞をよくしたいと思い、立ち上がった。不死帝に抗《あらが》おうとしている。都の人々も問題が生じても皆で協力し、解決しようとしていた。その力があるなら……私は不死帝の仮面を割りたい」

珠蘭がそのような思想を持っていたことに、海真は驚いている。この発言は、霞正城でするには相応《ふさわ》しくない。密告されれば不穏分子として処分される。だからなのか、苛立《いらだ》ったように叫ぶ。

「うまくいかなかったら……どうするんだ。俺だけならいい。でも珠蘭だって、沈花妃だって、失敗すれば皆が傷つく。そんなことを言ってはだめだ」

海真が声を荒らげても珠蘭は臆さない。歩み寄り、海真に近づく。

「兄様。私は、兄様が連れ出してくれなかったら、故郷の壕《ごう》で一生を終えていたことでしょう。斗堯国に送られていたかもしれません。故郷の裏の顔を知らなかった私は、霞正城に来た頃はずっと、兄様を助けるために務めを果たそうと考えていました」

「……珠蘭」

「兄様が不死帝でなくなればいいのに。そう思っていました――でも今は、兄様だけでなく、この国から不死帝がなくなればいいと思っています」

海真を、劉帆を、そして霞の人々を。皆を不死帝から解放したい。

珠蘭の決意は固い。海真を真っ直ぐに見上げる瞳に揺らぎはなく、信念が表れている。

だが海真はまだ迷っているようだった。そこで動いたのは隣にいる沈花妃だ。海真の手をぎゅっと握り、柔らかな声で言葉を紡ぐ。

「わたくしも、不死帝に囚われている海真を解放したいと思っているわ。でもあなただけじゃないの。わたくしはこの後宮を……誰からも愛されることなく、毒花の園に集められた娘たちも解放したい」

後宮に集められた花妃たちは、若くして後宮に囚われ、愛を知ることなく枯れていく。まるで檻《おり》だ。

この後宮がなければ、伯花妃は大切な姉を失うことも、小さい背に家門を背負うこともなかった。それは今はいない呂《りょ》花妃や宿《しゅく》花妃だってそうだ。後宮に来たが故に、その人生を狂わされてしまった。

そして沈花妃も――。

「わたくしも……自由に、なりたい……！」

大きな瞳から涙が溢《あふ》れた。手で拭うことはなく、まっすぐに海真を見つめたまま。まばたきのたびに、大粒の涙は滴となって落ちていく。

「好きな人に、好きだって言いたい。隣にいたい。立場に引き裂かれることも、失う恐怖に怯《おび》えることもしたくない」

「沈花妃……俺は――」

「わたくし、あなたに沈花妃と呼ばれるのがいやなのよ。名を呼んでほしい。だから……わたくしは、あなたにも自由になってほしいの」

その言葉が海真の胸に突き刺さる。

海真ははっとしたように目を見開き、その手は震えていた。

「わたくし、やりたいことがあるのよ。色んな世界を見たいの。海を渡って、色んな場所に行きたい。こんな狭いところに閉じ込められるのはいやよ。海真と共に行きたいの」

「……色んな場所、か」

海真が長く息を吐く。緩んだ表情を見るに、その心は決まったのだろう。

海真は顔をあげ、劉帆を見やる。

「劉帆。俺も協力するよ」

「助かるよ。海真は保守的だから難しいかと思ったけれど、君の本心を引き出したのは熱い説得だったようだね」

「ああ。俺も、自由になりたい」

海真の胸のうちは自由に焦がれていたのだろう。だが、珠蘭や沈花妃を守るために自分の願いをひた隠すしかなかった。それを解いたのが、沈花妃の涙だ。

「私も、協力しますよ」

史明が言った。

「私がいなければ、あなたは仕事を放棄してばかりですから」

「いやなお目付役がきた。君も、自由になってもいいんだよ？」

「残念ながら私にそういったものは似合いません。そういう生き方をしてこなかったので、誰かに仕えているのがちょうどいい。劉帆が逃げても追いかけますよ」

史明は珍しく、にやりと笑っていた。

「……ありがとう、史明」

その言葉はいつもよりも重く、見れば劉帆は照れているようだった。捻くれているものの強く劉帆を信頼しているという史明の思いが伝わったのだろう。

「では計画を立てなきゃいけないね」

皆の決意が改まったところで劉帆が言った。

「于程業は、まもなく不死帝を討つべく霞正城を攻めてくる。だから……僕はこれを逆手に取りたい」

「逆手に取る、ですか？」

「これは悪い流れじゃないと思っているんだ。于程業がしようとしていることを予測して、僕たちが乗っ取る。不死帝を討つのは僕たちにする」

「不死帝を討った後はどうします？　この国を統べる者がいなければ、海真が案じた通り戦乱に陥る。不死帝を欠いた後、この国が自分の足で立っていけるまでの間、誰かが導かなければいけないと、私は考えていますが」

　史明の問いかけに劉帆は「ううん」と考えこんでしまった。

　不死帝に代わる、けれど恐怖で統べることのない者――思い浮かび、珠蘭は口にする。

「不死帝の子」

　その言葉に、皆が珠蘭を注視する。

「噂《うわさ》が流れていましたから。不死帝の子であれば……違うのかと」

「それでは不死帝から解放されたとは言えないだろう」

　劉帆が反論するも、珠蘭は首を横に振った。

「仮面をつけず、顔を晒《さら》して、話す。それを信じてくれるかどうかは人々次第ですが、本物の不死帝の子である劉帆なら……適任かと思います」

　劉帆は俯《うつむ》いていた。迷うのは当然のことである。この決断は劉帆だけでなく、多くの物事を変えてしまうかもしれない。この背に、国が乗るかもしれないのだ。

「どうして迷うんだ？」

弱々しい劉帆の肩を叩《たた》いたのは海真だ。にいっと微笑《ほほえ》んで、劉帆を覗《のぞ》きこむ。

「不死帝として傍《そば》で見てきたけれど、劉帆はこの国が好きだろう？　人々のためにと駆け回っている時は活《い》き活きしている。俺は劉帆以外いないと思っているけど」

「そうね。わたくしも劉帆が良《い》いと思うの。後宮で起きたいくつもの難事件を、珠蘭と劉帆の二人で解決している。だから今度は霞の国全体で問題が起きても、きっと解決してしまうと信じられるの」

海真に続き、沈花妃も頷《うなず》いている。それでも劉帆から不安げな声が聞こえた。

「でも僕では国を動かすには足りない。不死帝の子として名乗り出た後、この国の混乱を治めないといけない」

「あなた一人でやれとは言っていませんよ」

ため息を吐きながら告げたのは史明だ。

「内政の話は私が引き受けましょう。六賢《ろくけん》の中でも懐柔できそうな者たちがいます。そういった者に話を通し、こちら側に引き入れます」

「……史明」

「あなたは光の下に出るべきだ。霞を導く力がある。あなたのために、私を使ってください」

史明はこれまで六賢のそばにいた者だ。六賢がどのように国を動かし、民を騙《だま》してきたのかを心得ている。外廷に出向く機会も多く、内政には詳しい人物だ。

海真に沈花妃、史明。皆が劉帆の背を押している。顔をあげた劉帆の視線は珠蘭に向けられた。それに答えるように、珠蘭は微笑む。

「君も、共にいてくれる？」

「もちろんです。私の瞳は、劉帆とこの国のために」

劉帆は目を閉じ、短く息を吸いこんだ。ゆっくりと瞳を開き、皆を見回しながら告げる。

「ありがとう。不死帝の子だと、真実を明かすよ」

覚悟は決まった。劉帆の瞳や声音にも力強さが戻っている。

しかし問題はある。不死帝を討つとして、于程業も動いている。どのようにして于程業を出し抜くかである。

「于程業の意表をつき、民心を得ながら、不死帝を討つ……難しいですね」

良い策はないだろうかと考え、珠蘭は瞼を伏せた。

神経を研ぎ澄まして、膨大な記憶の海に飛びこむ。

これから珠蘭たちがしようとしていることは、まるでひとつの殺人計画だ。被害者は不死帝。ではどのように皆を欺いていくのか。

（今までとは、逆の立場だ）

寄せては返す波のように、これまでのことが次々と蘇《よみがえ》る。

瑪瑙《めのう》宮の宮女となり、水影に陥れられそうになったこと。珊瑚《さんご》宮宮女の殺人事件。晏銀《あんぎん》揺《よう》と黒宮。望州汕豊《さんぽう》で閉じ込められた海神の牢《ろう》。沈花妃を陥れようと画策していた宿花妃に、斗堯国と繋《つな》がっていた于程業――思えばいつも、珠蘭は謎に触れては解く側であった。

此度《こたび》は、逆である。多くの人々を欺くため、謎を生み出そうとしている。

（これまでのことに、鍵があるはず）

珠蘭の頭に蘇るは、反不死帝同盟に連れ去られた後のこと。水影が珠蘭を守ってくれていた。虚《うつ》ろだったがこの瞳は開き、于程業に理不尽な暴力を受けたことや水影が庇《かば》ってくれたことを覚えている。そして、二人目の不死帝という大がかりな仕掛け。都の人々を欺いた于程業による謎。

（そうだ。きっと――）

卓越した記憶力と鋭い洞察力がこれまでの謎を解いてきた。仕掛けはどれも覚えている。

鍵は、あった。

「良い方法を思いつきました」

珠蘭は瞳を開く。

「まず、私は反不死帝同盟の拠点に戻ります」

告げるなり、劉帆と海真が即座に反応した。

「ど、どうして!?　せっかく霞正城に戻ってきたというのに」

「だめだ。珠蘭をそんなところに置けない」

慌てふためく二人に微笑み、その反対意見を珠蘭は押し切る。

「劉帆。以前くださった文を覚えていますか？」

「覚えて……いるけど」

「『今は離れていても、僕たちは同じ未来を行く』この言葉が、まさしく今です。私は拠点に戻り、反不死帝同盟側から動きます。劉帆はこのまま、霞正城側で動いてください」

「それなら君でなくてもいいだろう。水影が――」

「だめです」

珠蘭はきっぱりと言い放った。

「救世の娘として民を煽《あお》る側になった私だからこそ、この策が成るのです」

これから珠蘭がすることのためには、霞正城側と反不死帝同盟側の二つから動かねばならない。珠蘭の立ち位置が反不死帝同盟側にあるからこそ、できることだ。

「いくつか準備するものがありますが、これは水影に協力してもらいましょう。その間に劉帆たちは霞正城内部の支持を得てください。私は外の――遠くの協力を得ます」

「わ、わかった。でも珠蘭、君はどんな策を思いついたんだ？」

自信に満ちた口元は弧を描く。稀色《まれいろ》の瞳は一際大きく煌《きら》めいた。

「不死帝を、殺しましょう」


拠点に戻ると決めたものの、珠蘭には一つ心残りがあった。

皆に頼み、霞正城を発《た》つ前にその場所に向かう。沈花妃が気を配り、珠蘭の訪問は事前に伝えてあった。

場所は、翡翠宮《ひすいきゅう》。

「……伯花妃」

腰掛けた伯花妃の前で、珠蘭は膝をつく。

春嵐《しゅんらん》事件にて伯花妃は心に傷を負い、一日のほとんどを翡翠宮で過ごすようになっていた。食事も睡眠もあまり取れず、体は随分と痩せていた。

伯花妃は視線だけを動かし、珠蘭を見やる。

「無事、だったのか」

「はい。伯花妃に文を書いた後、色々とありまして後宮を離れていました」

「沈花妃からも話は聞いていた……大変だったそうだな」

珠蘭の不在については聞き及んでいたのだろうが、明確な理由までは伝えていない。珠蘭の不在は瑪瑙宮の極秘事項として扱われていた。伯花妃への伝達は沈花妃が配慮した結果である。

「……文は読んだ。茶会をしようと書いてあったな」

「ありがとうございます」

「だが、そなたから文を貰《もら》ったというのに、そなたが会いにきたというのに……我はいま、喜びも悲しみも感じていない」

伯花妃は物憂げな表情のままだ。

「返事を書けず、すまぬな」

ぼんやりとしながらも詫《わ》びている。しっかりとした伯花妃の性格が表れている。

「それで、今日はどうした」

「……まもなく、私は後宮を発ちます」

かすかに、伯花妃の眉が動いた。構わず珠蘭は続ける。

「私はこの後宮が好きです。沈花妃や伯花妃に出会えた、この場所が好きです。でも……悲しいことも多かった。この場所は私たちを閉じ込める檻《おり》です」

「そなたは……何を……」

「私は目の前で好きな人が刺されました。苦しくて悲しくて、もう何も見たくないと思いました。でも悲しんでいるだけでは何も変わらない——だから動きます」

珠蘭は伯花妃の手を取り、優しく握りしめる。冷たい手だ。心が冷えている。

「伯花妃。あなたも自由を得られる日がくると思っています。後宮を背負うことも、伯家を背負うこともせず、優雅にお茶を飲んで過ごすだけの日々が」

計画のことを全て明かすことはできない。だが、珠蘭はどうしても伯花妃に伝えたかった。

今は囚《とら》われているだろう心が、自由を得たら変わるかもしれない。

「伯花妃。これまでありがとうございました」

微笑み、礼を告げる。

この後宮で珠蘭を導いてくれた、二人の花妃。そのうちの一人、伯花妃に感謝を込めて。

「……それでは、行って参ります」

「待て。珠蘭、そなたは何を──」

引き止める声は聞こえたが、珠蘭は振り返らなかった。

抜けだした時と同じように荷馬車に忍び込んで霞正城を出る。だが木箱の中に隠れることだけは頑《かたく》なに拒否した。あの揺れは二度と味わいたくない。

そのため、水影と二人並んで荷台に乗り、上から布をかぶる。やはり揺れは最悪だったが狭く暗い木箱よりはいい。隣に水影がいることも気が紛れた。その水影はというと、終始ぼやいてばかりだった。

「せっかく抜けだしたのに戻るなんて」

「すみません」

「于程業や興翼にも何と説明すればいいやら……頭が痛い」

そう言いながらも、水影は今回の計画について全てを知っている。水影も協力者の一人である。

「これから水影も忙しくなりますね」

「あんたのせいでね」

深いため息だ。しかし、うんざりした顔をしていながらも、その瞳は輝いているようにも見える。

（水影は史明と似ている）

捻《ひね》くれていて、人を嫌っているような素振りをするものの、腹の内では異なる。水影も素直ではない人間なのだろう。

珠蘭は水影を見つめていた。にこにこと笑顔で見つめられることに慣れていないのか、水影はふいと顔をそむける。

「戻ったら、予定通りに進めるよ」

「はい。私が興翼と話をできるよう、お願いしますね」

「やだやだ。人使いの荒いこと」

嘆くようにいった後、水影の顔から笑みが消えた。寂しそうに呟《つぶや》く。

「これが終わったら、あんたはどうなるの？」

「私は劉帆を支えようと思います。水影は？」

「あたしは、許されないことをたくさんした。だから光の下に出てはいけないんだよ」

言葉に水影が抱えた罪と、その苦しみが滲《にじ》んでいる。

珊瑚宮宮女を殺した事件を思っているのだろう。確かに許されないことではある。だが、水影の状況を思えば、すべての罪が水影にあるとは言い切れない。

「史明にこき使われるのかな。それとも、用がなくなって切り捨てられるのかな」

「水影も自由になりたいですか？」

「どうだろ。誰かに仕えてばかりの人生だったから、今さら自由を手に入れても、どうしたら良《い》いのかわからない」

「では……こうしましょう」

珠蘭は水影の手を握った。

「水影が自由を喜べる日が来るまで、私の友人でいてください」

「は、はあ!?」

「水影はとてもしっかりしていますし、なんだかんだ言いながらも面倒見が良いですし、頼りになりますし……と思ったのですが、だめでしょうか？」

「なに言ってんの。あたしは人を――」

「水影はじゅうぶん罪と向き合っています。これからもその罪を背負って生きていくのだと思います。だからといって私はあなたを遠ざけません」

「……あんた、お人好《ひとよ》しなの？」

水影は珠蘭の手を振り払い、頭を抱えてしまった。しかしこれが珠蘭の本心だ。目をそらさず、じっと水影を見つめて返事を待つ。

「ああ、もう」

焦《じ》れたように水影が言った。

「仕方ないから、面倒を見てあげる。あんたを放っておいたらどうなるかわからないし」

「ありがとうございます！」

「違うからね。これはあんたがしっかりしていないから……ああ、もう。本当に調子が狂う」

これ以上文句をつけたところで珠蘭にはなかなか響かない。水影は諦め、そっぽを向く。二人並んで布を被《かぶ》ったまま。目的地はまだ遠い。無言のままでいるのは水影も嫌だったのだろう。ぽつりと、聞こえた。

「……友人って言ってくれて、ありがとう」

「はい」

目を合わせてはくれなかったが、その横顔を確かめれば口元が緩んでいるように見えた。

「もちろんです」

「頑張ろうね」


すっかり慣れてしまった幕舎に戻った後、やってきたのは興翼だ。

「てっきり、霞正城に戻ったんだと思ってた」

霞正城での滞在は一日半程度。短いように感じるのは珠蘭だけで、興翼は珠蘭がいないことに気づいていたようだ。

「すみません。正直に明かすと、霞正城に戻ろうとしていました」

「……だろうな」

わかっていた、とばかりに返答をし、興翼は椅子にどっかりと腰を下ろす。

「ま、安心しろ。気づいているやつは少ない。于程業は……気づいたんだろうけど、何かを言ってくることもなかった。あんたが戻ってきてもどうするつもりもないだろうな」

「于程業の計画が進んでいるから……ですね？」

まもなく霞正城を攻める。そのために于程業は忙しくし、珠蘭が去ろうが構う暇はないのだろう。興翼の反応を見るに、その考えは当たっているようだ。

「で、俺を呼んだ理由はなんだ？　于程業を止めろって言うために戻ってきたのか？」

「違います。私はその計画を止める気はありません」

「はあ？」

素っ頓狂な声をあげるほど、興翼は驚いていた。

「興翼と話すために戻ってきました」

「俺と？　それで、あんたは何がしたいんだよ」

「私は……興翼という人間を信頼しています」

話す内容は決めていた。だが勇気がいる。これから珠蘭は、興翼を懐柔する——斗堯国をこちらに引き入れるのだ。

（でも、私は……嘘《うそ》をついて駆け引きをする自信がない）

史明のように本心を隠した言葉も、劉帆のようにはったりをきかせる会話も苦手だ。

だがこの役目が出来るのは珠蘭だけだった。劉帆たちは霞正城側で動いている。反不死帝同盟の懐で動けるのは珠蘭だけ。

今日は劉帆に貰った組紐《くみひも》を髪につけず、手に持っていた。ぐっと握りしめ、勇気を奮い立たせる。

「……懐柔しにきました」

「はあ!?」

「すみません。私は興翼を上手《うま》く騙《だま》すことはできないと思うので……正直に伝えていくしかありません」

珠蘭がそう切り出したものだから、興翼は拍子抜けしている。こちらに向いた視線から猜疑心《さいぎしん》は消え、「あんた、莫迦《ばか》だろ」という哀れみを感じた。

「興翼の目的は不死帝を討つのではなく、斗堯国を豊かにすること。不死帝を討つのはその通過点に過ぎませんよね？」

「……まあ、そうだな。だから不死帝を討つなって提案は勘弁してくれよ」

「私も同じように、この霞を変えたいと思っています。不死帝の恐怖に支配されない国にしたい。だから不死帝は必要ないと考えています」

「じゃあ同じだろ。俺たちが不死帝を討つのを見届ければいい」

「それはいやです。手程業を通じて、斗堯国にこの霞が奪われるかもしれない」

興翼は眉間に力を込め、言葉を呑《の》んだ。

「斗堯王《とぎょうおう》の人となりを興翼から聞きました。そんな方がこの霞に関わるのは嫌です」

「でも斗堯国を無視して不死帝の支配を解けば、斗堯国は脅威となって襲いかかるぞ。斗堯王は野心家だ。霞の領土を得たいのはもちろん、不死帝を討ったという実績が欲しいからな」

斗堯王が霞を狙う理由は、不死帝という存在の持つ恐怖である。他の国々は今も不死帝を恐れている。斗堯国も興翼が不死帝の秘密を曝《あば》くまではそうであった。だがもしも斗堯国が不死帝を討ったとなれば、恐怖の対象は不死帝から斗堯国に移る。

「興翼の目的は王位を継承すること。そのために、不死帝を討ってこの国を手に入れようとしているんですよね？」

「……そうだ」

「ですが斗堯王は信じられるのでしょうか？　あなたが不死帝を討ったからといって、自国に戻った時あなたは斗堯王に裏切られるかもしれません」

興翼から話に聞くのみではあるが、珠蘭は斗堯王に良い印象を持っていない。後継者候補が多く、王位を譲るために国を落としてこいと息子に命じるような者だ。興翼が不死帝を討ったからといって、本当に後継者に選ぶかは怪しい。不死帝を討った興翼を殺し、自分こそが不死帝の恐怖を打ち破ったと喧伝するかもしれない。

痛いところを突かれたのか、興翼が黙りこむ。おそらくは興翼も、斗堯王の裏切りを懸念していたのだろう。

「……じゃあ、どうしろっていうんだよ」

「私は、興翼が斗堯王になってほしい」

驚き、興翼が目を剝《む》いた。

「不死帝を討つのは于程業でも興翼でもありません。私と劉帆が討ちます」

「は……なんで、あんたらが……」

「劉帆は不死帝の子。手程業の企《たくら》みは私たちが乗っ取り、不死帝を討って、その後の霞を導きます。そして必ず興翼を支援します」

不死帝が消えた後、島内には混乱が生じるだろう。劉帆や史明が動いてもその混乱は避けられない。恐ろしいのは島内だけではなく、その混乱に乗じてやってくる他国の脅威だ。

不死帝の存在は抑止力となっていた。必ずや他の国が動く。その時に最も考えられるのは斗堯国だ。だから先に、興翼を通じて斗堯国を味方に引き入れる。

「あなたは、不死帝の子と協力して不死帝の謎を明かしたという功績が得られます。私たちは斗堯王ではなく興翼が使者としてやってきたから、あなたと手を結びます。そしてあなたが斗堯王の地位につけるよう、私たちは支援します」

「……簡単に、言ってくれるな」

「斗堯王はまだ不死帝が怖い。だから自分は動かず、いつ失っても構わない皇子の一人に名目を与えて、霞に送りこんだのだと推測しています。その皇子が想像を上回る功績をあげ、霞との繫《つな》がりを象徴する人物となれば、斗堯王はあなたを簡単に消せなくなる。だってあなたを殺してしまえば、霞との戦争が始まるかもしれない。再び不死帝のような恐怖を作り出し、今度は斗堯国に牙を剝くかもしれない」

斗堯王が持つ不死帝への恐怖を利用する。その恐怖の力を興翼にも持たせるのだ。不死帝は姿を消し、不死帝の子が霞を治めるとなっても、霞との強い繫がりを持つ興翼が消せなくなる。斗堯王は興翼を殺せない。

「随分、正直に明かすんだな」

「私はこういうのが苦手なので。劉帆や史明ならばもっとうまく興翼を唆したのかもしれませんが」

「いや、いいよ。本音でぶつかってきているんだって、わかるから」

興翼は短く笑った。しかしまだ、決断はできないのだろう。椅子に腰掛けて足を組み、額に手を添えている。ちらりと、こちらを見た。

「あんたは不死帝を守りたいんだと思ってた。あの後宮が好きだから、守りたいんだろうなって」

「それは違います。後宮というよりも、後宮で出会った人々が好きです」

「じゃあどうして不死帝を討つって考えた？　于程業や俺たちを止めればいいだけだろ。あんたが不死帝に反旗を翻すに至った理由は何だ？」

「……私は、稀色の世に憧れています」

興翼が首を傾《かし》げた。

「不死帝の恐怖に頼らず、人々の力で歩いていく、開かれた国」

「それが、あんたの言う稀色の世？」

「はい。でも……本当は違います。好きな人に好きだと、堂々と言いたい。それだけです」

ぎゅっと、蒼海色《そうかいしょく》の組紐を握りしめる。思い浮かぶのは劉帆のことだ。

稀色の世がきたなら、劉帆に想《おも》いを伝えられるだろうか。珠蘭と劉帆だけではない。海真と沈花妃だってそうだ。

「自分勝手な理由だな」

「そうですね。否定はできません」

「どうせ劉帆だろ……でも、羨ましいよ」

興翼は柔らかく微笑《ほほえ》んだ。その瞳には諦めのような色が滲《にじ》んでいる。

「あんたと劉帆の関係がずっと羨ましかった。すれ違っても遠く離れてもお互いを信じ合っている。たぶん、あんたら二人が同じ未来を目指していたからだろうな」

「……はい」

「俺もそんな風に強く信じ合える者が欲しかった。あんたを斗堯国に連れて行けば、劉帆の立場が俺に代わるのかと思っていたけど……やっぱり、無理だろうな。劉帆だから、信じていられたのか」

以前も、興翼に斗堯国に来て欲しいと言われたことがある。珠蘭はそれを固辞し、それでも連れて行かれそうになったところで劉帆に助けられている。もしかすると珠蘭が拠点に来た後、珠蘭を庇《かば》ってくれていたのは断ち切れずにいた未練のためだったのかもしれない。

今は清々《すがすが》しい顔をしている。ようやく、未練なく諦念に至る理由を得られたのだろう。

「私は斗堯国には行けません。興翼が斗堯国を思うように、私は霞を思っています。でも、私は興翼の友人です。海を隔てても手伝いますよ」

「……友人か」

「はい。私は興翼のことも信じています」

国は違えど、お互いの国を思う気持ちは変わらない。土地は違っても、同じ蒼天《そうてん》を仰ぎ見るのだ。

信じている。くすぐったいその言葉を正面から浴び、興翼は照れたように笑っていた。

「本当に莫迦正直だな。あんたなら、斗堯国をどんな風に見るんだろうな」

「まだ見たことがないので。でもいつか、斗堯国に遊びにいってみたいですね」

「劉帆は嫌がりそうだな」

「どうでしょう。でも、劉帆も興翼のことを嫌っているわけではないと思います。だからいつか……みんなで仲良くお話ししたいですね」

「……そうだな」

この瞳に、斗堯国の景色を焼き付けられる日が来るといい。

遥《はる》か遠く、海を隔てた向こうの国を想像する。その時は珠蘭と劉帆と興翼と、三人仲良くいられる気がする。

きっと今、珠蘭も興翼も、同じ未来を夢見ている。


そして、その日はやってくる。

今日、霞の歴史から不死帝の名が消える。

＊＊＊

陽が昇る前から拠点は騒がしい。

この数日で反不死帝同盟に属する者は一気に増えた。珠蘭の推測通り、斗堯国から送られたのであろう見慣れない者たちも混じっている。

「機は熟した」

暗がりに灯《とも》した火は、演壇に立つ手程業を照らしている。人々も多く集まり、拠点に住まう者たちだけでなく都からやってきた者たちもいる。

これから起こる荒事に備え、集まったのは男が多い。皆揃《そろ》って武器を手にしているが、防具の類《たぐい》は数が足りず、支給されていない者が多い。

「同胞は増え、都に限らず他の地域からも我らを支援する声が多くあがっている。今やその数は不死帝を討ち得るほどに膨らんだ——これより我らは不死帝を討つ。不死帝を廃し、この霞を自由にする。その後は我々が国の導き手となっていくのだ」

于程業は語る。演壇には珠蘭も立たされていた。于程業は珠蘭を一瞥《いちべつ》し、皆に告げる。

「我らには志を同じくした友がいる。救世の娘がいる。この国の安泰を願い、我らが立ち上がろう！」

于程業の言葉に煽《あお》られ、皆が拳を突きあげる。珠蘭は険しい顔でそれを見ていた。

「……ふふ、珠蘭」

于程業はこちらに寄ってくる。小さな声で紡がれたため、その言葉は歓喜の声をあげ騒ぐ者たちには聞こえていないだろう。

「可哀想《かわいそう》に。救世の娘として担がれ、ついに逃げることもできなかった哀れな董《とう》珠蘭」

「…………」

「不死帝を討った後、君はさらに彼らの象徴として担がれるでしょうが……まあ、わかっているでしょう。君の逃げ場はない。君はこれより起こることを止められない」

拠点に戻った後、珠蘭は幕舎にこもりきりだった。于程業と顔を合わせることもあったが、何が起きようとも珠蘭は手を出すことができなかった。これより起こることにも、今の珠蘭では打つ手がない。

「確かに、止められません」

珠蘭は静かに告げる。于程業に向けた言葉だ。

「でも、どうか皆が傷つかないようにと願っています」

「ははっ、しおらしい。君もついに諦めてしまったのか」

これには答えなかった。できるならば、珠蘭も皆に言いたいことがある。しかし于程業はそれを見抜いていたのか、珠蘭に発言の機会を与えなかった。于程業が演壇を降りると同時に珠蘭も連れられていく。

(始まるんだ……ついに)

今日は幕舎での待機を命じられていた。于程業としては、珠蘭が逃げ出し、余計な騒ぎになってほしくないのだ。幕舎の周りには輿翼が手配した見張りの者たちがついている。

拠点の騒がしさが少しずつ動いていく。幕舎に戻る前に振り返れば、いくつもの灯火が森の中に消えていく。拠点に入りきれず外で待つ者たちもいた。都で待機している者たちもいるはずだ。それらと合流すれば民兵の数は数千ほどになる。

「……珠蘭。行くよ」

人の群れが都に向かって進むのを眺めていると、水影が言った。予定通りに、見張りの者たちはいつのまにか姿を消している。

いよいよだ、と短く息を吸いこむ。幕舎を出れば、夏の近さを感じる生ぬるい風が吹いていた。

陽はまもなく昇ろうかという薄暗い刻限。別れを告げるように拠点を見回し、珠蘭は幕舎を後にした。

事前に用意した馬に水影が跨《また》がり、その後ろに珠蘭が乗る。乗馬はまったくの初めてで、練習したところで乗れる自信はなく、水影に頼ることにした。

夜の帳《とばり》が薄らいでいく道を、水影は巧みに馬を操って都に向かった。

「予定よりも、遅いかもしれない」

水影が言った。ちょうど今、馬は小高い丘の上にいる。見下ろせば、武装をした反不死帝同盟の者たちが、列を作って都に向かっているところだ。舞い上がった砂煙にむせそうになりながら、珠蘭も見やる。

「近づきましょう。私が声をかけてみます」

「わかった」

このあたりの道は水影が覚えている。今日のために何度も下見をし、道を覚えたのだという。列に近寄るための最善の道を、馬で駆ける。

ほどなくして、反不死帝同盟の者たちだろう人々が見えた。

興翼から先遣隊は、紛れ込んでいる斗堯の兵が多く配置されていると聞いた。今、珠蘭が近づこうとしているのは反不死帝同盟に入った霞の人々のうち、戦える力を持つ者が多い本隊である。しかし本隊の動きは遅れている。

「……本当に、良《い》いのだろうか。俺たちは不死帝に殺されるんじゃないか」

声が聞こえてきた。反不死帝同盟の旗印を持っている男だが、表情は暗い。

彼らの足取りを鈍らせているのは躊躇《ためら》いだ。霞正城や都が近づくほど恐怖が襲いかかるのだろう。

「皆さん、前を向いて」

水影にはできる限り彼らに近づいてもらい、珠蘭は声を張った。口を開けば、砂が口の中に飛びこんでくるようである。しかし構わず、珠蘭は叫ぶ。

「大丈夫です。私がついています」

声を拾い上げた者は、その視界に珠蘭を捉える。一人が「珠蘭様だ」と声を発すれば、近くにいた者が気づきこちらを見やる。水面に落ちた雫《しずく》の波紋が広がっていくように、人々の視線は珠蘭に向けられた。

「いま、怖いですよね。本当に都に行って大丈夫なのか。殺されるかもしれない。そんな不安が、皆さんの中にあるかもしれません」

これまでの霞を恐怖で縛り付けてきた存在が、霞正城にいる。それに逆らおうとしているのだから不安になるのも当然だろう。

珠蘭は皆を励ますように微笑んだ。

「稀色の世が来ます。この道の先に、私たちが幸福になれる未来があると信じています」

「霞正城を攻めても……生きて帰ることができるんでしょうか……？」

「生きて帰りましょう。そして、仮面を外して言葉を交わす。面と向かって、好きな人に好きだと言える未来を手に入れましょう」

手程業のように、言葉を巧みに操ることはできない。正直に、真《ま》っ直《す》ぐにぶつかるだけだ。珠蘭はぐっと拳を握り、叫ぶ。

「この先に、私が信じる者たちがいます。皆さんを無事に帰し、そして不死帝から解放された未来をつくるために、協力してくれる者たちです」

水影が合図を出した。そろそろ急ぎ足で駆けなければ、先を行く先遣隊に間に合わない。その意を汲《く》み、珠蘭はもう一度、皆に告げる。

「不安があるのなら、私についてきてください！　私を信じて！」

足音で騒がしく、珠蘭の声はどこまで届くか不安だった。列の後方にいる者には姿さえ見えていないかもしれない。

けれど届いてほしい。皆の背を押したい。

（これからやることには、私たちだけではだめ。多くの人々の、その瞳が必要になる）

歴史を変える瞬間を見届ける者は、多い方が良い。彼らの記憶に、焼き付けばいい。

向かい風が吹いた。舞い上がった砂煙に、数名の悲鳴があがる。珠蘭でさえ目を細めるほどに視界が悪い。摑《つか》んだ水影の体から、手綱をぐっと強く握り直した動きが伝わってきた。顔にあたる砂の痛みを堪えているのだ。だが珠蘭を思って、手綱を手放すまいとしている。

「珠蘭様、どこに!? 見えません！」

混乱したような声が聞こえた。水影が足で馬の腹を蹴る。勢いをつけて駆けだす前に、珠蘭は振り返って彼らに叫んだ。

「蒼海色！ 蒼海色の組紐《くみひも》を目印にして！」

それは珠蘭の髪に着けている、劉帆から貰《もら》った組紐のことだ。今日は絶対に肌身離さず着けていようと、髪に結んでいる。

「私も、私が信じている人もこの色を持っている。だから、この色の先に私がいます！」

劉帆も、珠蘭も、お互いが持つ蒼海色を目印にしている。

蒼海色に逃げればいいと劉帆が提案したものが、再会の目印になる日がくるとは。

砂煙が落ち着いた後には珠蘭は遠く、都を目指して駆けていってしまった。多くの者たちは遠くに去った珠蘭の背を眺め、彼女が残した言葉を思い返す。

「蒼海色……」

一人が言う。その色は、珠蘭の故郷で蒼海色と呼ばれているだけで、反不死帝同盟の者たちはそれを知らない。

だが組紐は見た。珠蘭が着けていた、あの瑠璃色の組紐だ。あれを蒼海色と呼ぶのだろうか。

「蒼海色を目指そう」

誰かが呟《つぶや》いたその言葉は波及し、広がっていく。蒼海色を目指せば、再会できる。あの先に珠蘭と、珠蘭が信じると語った協力者がいる。

躊躇っていた彼らの足並みは、勢いを取り戻す。彼らの心は強さを取り戻し、都を目指していた。

先回りする道とは聞いていたが、水影は随分と無茶な道を行く。通れるのかと心配になるような木々の隙間を、勢いを落とさず馬で駆け抜ける。

その甲斐《かい》あって、珠蘭たちは先遣隊に追いつこうとしていた。ちょうど都に入るところだ。

予定ではこの先遣隊が、霞正城を攻めるらしい。必要であれば霞正城や都に火をつける計画もあったらしく、そのための道具はあらかじめ都に隠しているのだという。実際の犯行は反不死帝同盟であったとしても、不死帝を討ってしまえば、全ての悪事を不死帝のせいにできる。つまりは、不死帝のせいにして暴れ回れるということだ。

だが、少しずつ予定が狂い始めていた。

都の門がすべて開かれていたのだ。閉ざされることはあれど、すべて開いているのは異常事態である。先遣隊は易々《やすやす》と都に入りながらも、動揺は隠しきれず足取りは鈍くなっていた。

「前に進んで！　霞正城を目指してください！」

なるべく多くの者に声が届くよう、列の近くを駆けてもらっている。珠蘭は身を乗り出し、何度も叫んだ。

「珠蘭様、門が開いています。これは不死帝の罠《わな》なのでは」

「大丈夫です。この先に、私の信じる者たちがいます。仮面を外して過ごす未来のために、前を向いて！」

喉が痛い。叫びすぎたのだ。しかし痛みに構う間はなく、珠蘭は人々に声をかける。反不死帝同盟の者だけではない。何事かと民居から顔を出す民がいれば、珠蘭は家に籠もるように告げた。迂闊《うかつ》に外へ出れば、巻きこまれてしまうかもしれない。

とはいえ大通りは閑散としている。反不死帝同盟の動きを聞きつけていたのか、露店などはすべて片付き、今までで一番、大通りを広く感じた。

「私の組紐の、蒼海色を目指して！　この色を持つ人を信じて！」

霞正城が近づいてくる。だが霞正城の門扉は固く閉ざされていた。辿《たど》り着いた者たちは門前で歩《あゆみ》を止める。門扉を打ち破ろうとしているのだろう。

珠蘭も門扉の前を目指そうとした。だがその時、後ろから馬で駆けてくる者がいた。

「董珠蘭！　どうしてここにいる。見張りはどうした!?」

于程業だ。彼は自ら用意した馬に乗って、先遣隊と共に移動していたらしい。しかしその表情にはいつものような余裕が見えない。珠蘭を閉じ込めていたはずだと、慌てているのだろう。

珠蘭もまた、于程業との接触は避けられないとわかっていた。こうして皆に声をかけ、注目を集めれば必ずやってくる。逃げることなく真っ直ぐに、彼と向き合う。

「私は、止めにきました」

「諦めていなかったか。だがもう遅い、こうして霞正城に――」

「違います。止めにきたのは反不死帝同盟の皆さんではありません。私は、于程業を止めるために来ました」

計画に乱れが生じたことで、苛立《いらだ》っているのだろう。その顔はぐしゃりと怒りに歪《ゆが》む。

これまでの道中、珠蘭は反不死帝同盟の者たちを止めようとはしなかった。それどころか前に進めと促している。珠蘭が止めたいのは、于程業だ。

「今のあなたを荀黄鵬が見たら、どう思うでしょうか」

師が哀れで切り捨てられないと語った史明を思い出す。于程業と荀黄鵬に起きた出来事を知っているがゆえに、劉帆を信じていても、于程業を見放すことができなかった。自分では手を差し伸べられず、そのため珠蘭に荀黄鵬の名を教えてくれたのだろう。

「知ったような口をきくな！　その名を語ることは許さない」

荀黄鵬の名が出た瞬間、于程業は感情を露《あら》わにした。それほど于程業にとって心を揺さぶる存在のようだ。

「でも、あなただってわかっているはずです。怒気に満ちた声は于程業らしくない。

黄鵬の心を殺すようなことをしている」

「では不死帝を殺すなと言いたいのか？」

「違いますよ——あなたには討たせません」

珠蘭の言葉に、于程業は目を見開く。

于程業の策は、時間をかけて綿密に積み重ねられたものだった。

まず、望州汕豊のように、斗堯国との繋《つな》がりが残る地域の協力を経て、斗堯王との繋がりを得る。興翼も好色だと語っていたような斗堯王ならば、彼の機嫌を得るための貢ぎ物に悩むことはなかっただろう。

そうして斗堯国の協力を得た後、興翼を霞正城に連れて行く。斗堯国の者に不死帝の仕掛け——霞を統べる恐怖の脆《もろ》さを明かすのだ。そうすれば斗堯王は不死帝を恐れず、むしろ不死帝を討ったという実績のために、霞を攻め取ろうと考え、于程業への支援を惜しまなくなる。

　しかし不死帝を討つには霞正城の動きを鈍らせる必要があった。普段であれば、反乱の動きありと察するなり瑠璃宮は速やかに動き、その芽を摘んでしまう。不死帝の仕掛けが簡単なものとはいえ、これを守る瑠璃宮や六賢という壁は厚かった。そこで于程業が引き起こしたのが春嵐《しゅんらん》事件だ。郭宝凱《かくほうがい》を暗殺し、さらに六賢の一人である自分自身も姿を消す。さらに当時の不死帝を襲えば残る候補は劉帆のみとなる。春嵐事件に内通していた花妃の処断もある。霞正城は混乱し、外に目を向ける余裕はない。その隙に、于程業は反不死帝同盟を掲げ、不死帝に疑念を抱く人々を集めたのだ。

（緻密に練り上げられた策だからこそ、于程業がどれほどこの国を嫌っていたのかがわかる）

　しかし、于程業の策を止めなければならない。これは荀黄鵬が望んだ未来ではないと、珠蘭は思っている。

「あなたの策は成りません。だから、たくさん人を集め、武器を持たせたところで無駄です。霞正城は禁軍を動かしません」

　瑠璃宮はまったく動いていない。本来ならば禁軍が都の外で待ち構え、争いとなっていただろう。しかし反不死帝同盟は一人の犠牲もなくここまで進んでいる。順調に進みすぎているのだ。

「まさか――！」

于程業はそれに気づいたのかもしれない。だが、遅かった。

霞正城から銅鑼《どら》の音が響いた。これは合図だ。水影の目配せに珠蘭は頷《うなず》く。

最後にもう一度、珠蘭は于程業に告げた。

「不死帝を討つのは、私です」

愕然《がくぜん》としている于程業を残し、馬は駆け出す。

珠蘭の姿が霞正城前の人波に呑《の》まれると同時に、人々がざわめいた。

霞正城の、閉ざされていた門が少しずつ動いているのだ。皆は、これより霞正城を攻めるべく門を破壊するのだと考えていたので、何もせず開門されるとは予想外だったのだろう。

これよりは、于程業ではなく劉帆と珠蘭の策が動き出す。

霞正城は動かず、禁軍も動かず、門扉はすべて開く。限られたものしか入ることのできなかった霞正城に、人々を招き入れるのだ。

一滴の血も流れぬ開城。犠牲を出さずに、歴史を変えるための術だ。

「だ、大丈夫……だよな」

「不死帝の罠なんじゃ」

「こんな簡単に霞正城に入れるなんて」

開かれた霞正城に足を踏み入れた者たちは、禁軍が待ち構えているのではないかと恐れているようだった。奥へと歩みを進める足取りは鈍い。中には霞正城に入らず門前で踏みとどまる者も現れている。

ゆっくりと、少しずつ、人々が霞正城の奥に進む。白玉の階《きざはし》を上れば、そこには蒼天《そうてん》の如《ごと》き瑠璃色を模した、瑠璃宮がある。しかし瑠璃宮の前にて、待ち構える者がいた。

風にたなびく、蒼海色の組紐《くみひも》。珠蘭はやってきた人々に向けて告げる。

「皆さん、私はここです。安心してください」

「珠蘭様だ！」

皆が前方を見上げる。階を上り終えた瑠璃宮の前に珠蘭が立っている。だが珠蘭だけではない。その両隣には宦官《かんがん》が数名、そして華やかな装いをした娘たちがいる。

「あ、あれは誰だ？　珠蘭様はいったい」

「大丈夫です。この方たちは、皆さんと心を同じくした協力者です」

皆の困惑を鎮めるように落ち着いた声音で告げる。

ここにいるのは、このために駆け付けた沈花妃と伯花妃なのだが、ほとんどの者はその名を知らぬだろう。

そして中央。このために移動してきた煌《きら》びやかな玉座に腰掛けている、瑠璃色の仮面をつけた者。

「ふ、不死帝だ！」

誰かが叫んだ。しかし不死帝がこうして待っているとは、誰も想像していなかったのだろう。手にした武器を振りかざそうとする者たちや逃げだそうとする者たちがいた。しかし彼らの動きはぴたりと止まる。

玉座の裏を見やる。そこから不死帝と同じ装いをした者が現れたからだ。

「不死帝が、二人いる」

「都に出た不死帝か!?」

「不死帝に子供がいるって噂《うわさ》もあったよな」

「いや、待て。珠蘭様と同じ蒼海色の組紐が――」

皆がざわめく中、二人目の不死帝は皆の前に立つ。そして――不死帝と同じ瑠璃の仮面を、外した。

不死帝の装いをした者が仮面を外す。これまでの霞では信じられなかった出来事である。不死帝は仮面を推奨し、一度たりとて外したことはなかった。今も『顔《かんばせ》は腹の鏡である』という諺《ことわざ》を信じる者がほとんどだろう。

だから、どよめく。不死帝の装いをした者が、仮面を外した。その動作だけで。

「僕は楊劉帆。またの名を――不死帝の子という」

薄《うっす》らと空が明るくなっていく。陽が昇ろうとしているのだ。昇り始めた陽は劉帆の横顔を少しずつ照らしていく。

「皆が噂していた不死帝の子は僕だ。けれど……不死帝のために、外に出ることはできず、ずっと後宮に隠されていた」

そこで一人が声をあげた。

「嘘《うそ》だ！　不死帝の子なんて――」

怒気を孕《はら》んだ叫びと共に矢が放たれる。それは真《ま》っ直《す》ぐに劉帆を捉えていた。

しかし珠蘭は動じず、劉帆も躱《かわ》そうとはしなかった。その矢は劉帆の頬をかすめたのみで飛んでいく。その鏃《やじり》には十字に草葉が絡みついた紋様があるのだが、気づいた者は誰もいないだろう。

「……血、が」

矢が放たれて生じた沈黙が、頬を伝う血によって崩れる。劉帆の頬に流れる血は、皆が信じる不死帝とは異なる存在だと示していた。

劉帆は頬の血を指で拭う。そして、掲げた。

「僕も皆と同じだ。怪我《けが》をすれば血が流れ、病に罹《かか》れば倒れて死ぬ――不死帝の子だけど、皆と変わらない」

珠蘭には枯緑《クーリュー》色に見えるそれが、皆には赤々と見えているのだろう。

瑠璃宮の前は静まり返る。珠蘭はもう一度、皆に向けて叫んだ。

「私は、不死帝を恐れることのない未来を、素顔のままで好きな人に好きと言える未来を願っています」

「……珠蘭様」

「だけど、多くの人々が血を流して迎える未来は見たくなかった。誰一人犠牲を出さず霞正城に入れたのは劉帆のおかげです。彼も私と同じ未来を願っているから」

どうか、届いてほしい。不死帝の子である劉帆を信じてほしい。

「皆さんが言うような救世の娘ではありませんが、私を信じてほしい。この霞を、不死帝の恐怖から解き放つために」

皆は、この言葉をどう受け止めるだろう。表情を確かめるのが怖い。

珠蘭の手は知らず知らずのうちに震えていた。それを、大きな手のひらが覆う。見上げれば劉帆がにっこりと微笑《ほほえ》んでいた。

そして、劉帆も人々の方を見やる。珠蘭の震える手を握りしめたまま。

「僕は不死帝を討つことについて悩んでいた。不死帝がいなくなればこの国は倒れてしまうかもしれないから。だけど——救世の娘が、ここに集まる皆が、不死帝は不要だと教えてくれた」

珠蘭が連れ去られたのは今となっては良いことだったと思う。都や同盟の拠点など、霞正城ではわからないものがたくさんあった。それらに触れた今、珠蘭ははっきりと言える。

「この国は不死帝がなくとも生きていける力があります。反不死帝同盟として集まった人々の力強さ、都で生きる人たちの逞《たくま》しさ。すべて、私が見てきました」

「このままではいけない。皆に背を押してもらった――だから不死帝の子である僕が、不死帝を終わらせる」

集まった者たちに異論を唱える者はいなかった。劉帆の言葉が響いたのか、それとも不死帝の子に驚いているのか、玉座にいる不死帝に怯《おび》えているのか、どれかはわからない。ただ、霞正城が静かであることが、これからすることへの賛同であると受け取った。

「僕は、この国が平和で豊かであることを願っている。誰もが気持ちを隠さず、堂々と想《おも》いを伝えられる国がいい」

劉帆は玉座に座す不死帝に近づく。そして――。

皆が息を呑んだ。顔を隠し続けた不死帝の、瑠璃の仮面が外されたのだ。

彼はゆっくりと瞳を開く。端整な顔立ちをし、瞳は冷えている。しかし皆と同じような顔をした、それが不死帝。

表情のないその男が、董珠蘭の兄であることを知る者も、またわずかだ。集まった人々には二人が兄妹《きょうだい》であると気づくほどの余裕がない。

「これより、不死帝を天に帰す！」

劉帆はそう叫んで、刀を抜いた。それは不死帝だけが所持を許される、黄金の剣だ。躊躇《ためら》わず、劉帆が摑《つか》みし黄金の剣は艶《あで》やかに宙を舞う。

その剣は吸いこまれるかのように――不死帝の象徴である蒼天の龍袍《りゅうほう》を、彼の胸を貫いた。

ごぼりと、不死帝の唇から血が溢《あふ》れる。

人々は黙りこんでそれを見つめていた。刺された不死帝や流れる血、眼前にある全ての光景に皆の心が奪われている。

ゆっくりと玉座から崩れ落ちていく不死帝の体。それを支えるべく動いたのは二人の花妃だ。

「あ、ああああああ……！」

甲高い悲鳴が響き渡る。一際豪奢《ごうしゃ》な装いをした花妃が駆け出す。沈花妃は不死帝の体を支えるように縋《すが》り付き、伯花妃は玉座の横にしなだれかかって泣いている。

特に沈花妃は錯乱し、不死帝の前にて膝をつき、その体を抱きしめようとしていた。

花妃らの嘆きを無視して劉帆は皆の前に歩みを進める。そして足元に、不死帝から奪った瑠璃の仮面を置いた。

「新たなる霞のために。不死帝の呪縛から解き放たれるこの国のために」

そして仮面に剣の切っ先を向けたところで、劉帆は珠蘭を呼んだ。

「珠蘭も、力を貸して」

「……もちろんです」

劉帆の隣に立ち、剣を持つ劉帆の手に、自らの手を重ねる。

間近に見れば、瑠璃の仮面は美しいものだった。それまではこちらの見る目が恐怖で覆われていたためわからなかったが、とても美しく、心に残る蒼海色だ。

「稀色の世に」

その言葉を置いて、劉帆と珠蘭の手が動いた。

力を込め、地に置いた仮面に向け、剣を刺す。

ぴし、とひびが入る。そのひびは少しずつ大きくなるが、珠蘭も劉帆も力を緩めない。

そして――仮面が割れた。

「これで不死帝は」

天に帰るはずだと、劉帆は言いかけていた。だが、耳を劈《つんざ》く破裂音によって言葉は遮られた。

ぱん、ぱち、と乾いた音が数度、霞正城の外から響く。

これまで仮面を注視していた人々はその音に怯え、一気にざわついた。

「な、何の音だ！」

「まさか不死帝を討ったから!?」

「こっち！　こっちから音が聞こえた！」

女性の声がし、皆が一斉に門の方を振り返る。瑠璃宮に背を向けてでも、破裂音の正体を確かめようとしているのだ。

「きゃあああ！」

「うわああ、なんだ⁉　何が起こった⁉」

慌てふためく者がほとんどだ。中には霞正城から逃げようとする者たちもいる。

その中で劉帆は動じず、叫んだ。

「あれを見ろ！」

劉帆は瑠璃宮を指で示し、もう一度叫んだ。

「不死帝が天に還《かえ》った！」

瑠璃宮の後ろから、細く白い煙が伸びている。

それだけではない。倒れていたはずの不死帝がいなくなっている。玉座に残っているのは大量の血と冕冠《べんかん》。それを身につけていた者の姿は消えている。玉座の前の血だまりには沈花妃が座し、血まみれの龍袍を抱きしめて泣いていた。

「不死帝が……消えた」

地を揺るがす爆音。龍袍や冕冠を残して消えた不死帝。瑠璃宮から昇る煙は、まるで不死帝が天に還るかのように。

「蒼天《そうてん》に還ったんだ」

「やはり不死帝は……不死の人だったのか。さっきのは天に還る音か？」

「不死帝の子だから討てたのかもしれない」

不死だと語られた帝《みかど》は、白い煙となって天に還ってゆく。

朝日だ。天に不死帝が還りゆく後、霞を朝日が照らす。その眩《まぶ》しさに目を細めた後、劉帆は皆に語りかけた。

「不死帝の恐怖は去った。これより霞は、人々のために開かれた、自由な国となる！　霞正城の門扉は二度と閉ざさない。皆のための、皆に寄り添う国となる！」

不死帝が消えたのだ。霞はこれより変わる。

不死帝の子と、その隣に立つ救世の娘によって。

呆然《ぼうぜん》としていた者たちは、劉帆の声をきっかけに次々と動きだす。一人が武器を手放し、手を掲げた。次いで隣の者、また隣の者も。

その動きは次々と広がり、大きな波となる。そして歓声があがった。

不死帝が消えた。この日、霞の歴史は大きく動いた。

それは清々《すがすが》しいほど、雲ひとつない蒼天の日。

＊＊＊

于程業は身動きひとつせず、瑠璃宮から昇る煙を見つめていた。自らの策が乗っ取られたことに気づいた時には止められず、人々に紛れて息を殺し見守るしかなかった。

不死帝はその神秘性を保って消えたが、彼は不死帝の真実を知っている。不死帝を天に還すというこの行為も、仕掛けがあると気づいていた。

だから他の人々と異なり、あの白煙が不死帝の魂だと信じてはいない。劉帆と珠蘭が、一芝居を打ったのだ。六賢や興翼も噛《か》んでいるに違いない。于程業ではできぬほど、二人は多くの者を動かしたのだ。

劉帆と珠蘭の小細工を糾弾する気は、もうなかった。仕掛けを解き明かすことも諦めた。

荀黄鵬という、友がいた。

同年代の子たちに比べて力が強く、のんびりした性格でありながらも他の人に優しく、困っている人を見れば駆け付けるような者だった。

足腰衰えた老婆が困っていれば背負って家まで送り、重たい水桶《みずおけ》を運ぶ男がいれば代わりに運ぶ。荀黄鵬が一度都に出ればなかなか帰ってこず、聞けば日が暮れるまで困っている人の力になっていた。彼は、そういう男だった。

善意のみで出来ている彼は人を疑わず、困りごとには真摯に耳を傾ける。すべてを信じこみ、その人のためになろうとする。相手の裏を探ろうとしないのだ。だから、そばにいて話を聞き、荀黄鵬の代わりに相手の真意を探る必要があった。

『俺と違って、お前は頭がいいから』

騙《だま》されそうになった荀黄鵬を止めるたび、彼は照れくさそうに笑っていた。

『君だって勉学に励めばいいよ』

『俺は真《ま》っ直《す》ぐぶつかるしかできないんだ。お前みたいに賢い生き方ができない』

純粋すぎる荀黄鵬のことは心配だったが、その隣にいることは幸せだった。彼の真っ直ぐな姿を見るたび、隣で支えられることを嬉《うれ》しく思った。

彼は不死帝に心酔していた。皆が不気味だと言っているのに、荀黄鵬は彼を恐れず、霞を治める偉大な人として尊び、自らの運動能力が恵まれているのは不死帝の刀として、彼を守るためだと思っていたほどだ。

どうしてそこまで、不死帝のことを信じていたのか。今ではわからない。

だが、霞正城を見上げるたび、目の奥をきらきらと輝かせ、不死帝について語っていた。彼は本当に、不死帝を好いていたのだろう。

二人は霞正城に勤めることを希望していた。だが荀黄鵬も禁軍に志願していたが、採用試験当日に道に迷った老人を送り届けることを優先し、結果として于程業のみが官人として霞正城に入ることになってしまった。約束したくせに友のみが霞正城に行くことが恥ずかしかったのか、その時荀黄鵬は会いにこなかった。ただ、文だけが届いた。

『この国の平和のために、不死帝の力となっていこう。いつか俺も不死帝を支える力となる。お前は不死帝を支える智《ち》になるんだ。先に不死帝の元に仕えるお前が羨ましいよ。いつか追いつく。お前は俺の相棒だ』

ならばいつか荀黄鵬も霞正城に来るだろう。しかしそう信じていた于程業の夢は叶《かな》うことがなかった。

あれはまだ夕刻だというのに雨が降って薄暗い日だった。休暇をもらった于程業は霞正城を出て、実家へと戻るところであった。実家に寄った後、荀黄鵬を尋ね、語り合うつもりでいた。

だがその途中に待ち受けていたのは道ばたで倒れている者だった。大きな体軀《たいく》、見慣れた顔。紛《まご》うことなく荀黄鵬だった。

荀黄鵬が殺された。その報《しら》せは都を駆け抜け、都の英雄を失ったことに人々は嘆き悲しんだ。彼を殺した犯人を捜そうと躍起になった者たちもいたが、真相は闇のままだった。

いや、犯人など見つかるわけがない。荀黄鵬は、不死帝候補として選ばれていたのだから。不死帝候補として選ばれた荀黄鵬は抵抗して逃げ出した。不死帝に心酔していた荀黄鵬のことだから、そんな仕掛けなどあるわけがないと否定して逃げたのかもしれない。もしくは、大好きな家族や都から離れがたいと思ったのかもしれない。どちらにせよ、不死帝の真実を知った者が元の生活に戻ることは許されない。だから、彼は殺された。

その真相を知ったのは、于程業の名が六賢の一人として刻まれた時である。

仮面を使って入れ替わっていくだけのくだらない仕掛けに、友は殺されてしまったのだ。

不死帝の存在は国を、荀黄鵬を騙し、逆らえば簡単に殺してしまう。

『友の命さえ守れない国だ』

不死帝とは神秘的な存在ではない。生贄《いけにえ》のように捧《ささ》げられた者たちの、血と涙で構成された傀儡《かいらい》の箱。

こんなもののために、友は殺されたのか。不死帝なんて存在しなければいい。友のような目に遭うものがいなければいい。

この国がきらいだ。

『霞なんて滅んでしまえばいい』

この国を、壊してしまおう。

その記憶も暗褐色に褪《あ》せるほど、年月が経《た》った。

これまで入念に積み上げてきた。不死帝制度の綻びを生じさせるため苑月《えんげつ》を唆した。花妃を愛させ、子が生まれた時には、計画通りに進んだことを喜んだ。

だが最後で、崩れ去った。

あの時に不死帝を壊すための鍵になると確信した苑月の子供は、確かに不死帝を殺した。壊してしまおうと願った不死帝はもういない。瑠璃宮は朝日に照らされている。

「黄鵬……見ていますか」

彼はぽつりと呟《つぶや》く。人々の歓声があがる中、一人だけ沈んだ声だった。

「君が命をかけるほど信じたものは、やっぱり脆《もろ》かった」

白煙を見上げ、あの日消えた友に語りかける。

空に溶け、消えていく。蒼天に混ざり、わからなくなっていく。

「……ですが、美しいものになるかもしれません」

劉帆や珠蘭。彼らがこの国を導くのなら、美しいものになっていくのだと、思う。

瑠璃宮に背を向け、その場を後にする。彼の心にある暗褐色の濁りは、もう消えていた。

その後、于程業の姿を見た者はいなかった。

最終章　稀色《まれいろ》の娘

反不死帝騒乱から数年が経つ。ほどよく暖かい、春の日だ。雲一つない空に負けぬほど瑠璃宮は今日も蒼海色《そうかいしょく》に輝いている。

霞正城《かしょうじょう》は賑《にぎ》やかだった。門扉は常に開かれ、宦官《かんがん》や官吏だけでなく多くの者が行き交っている。

瑠璃宮には玉座が残されていたが、いまだに空のままである。代わりに玉座の近くに質素で小さな几《つくえ》が用意されている。

「……はあ」

劉帆《りゅうほ》は盛大にため息を吐いた。手を伸ばし、顔を几に擦《こす》り付けるように伏している。

「疲れたよ。やることがありすぎる」

「仕方が無いでしょう。仮初めとはいえ、あなたが皇帝なのですから」

だらける劉帆に呆《あき》れ、史明《しめい》が冷たく言い放つ。

不死帝が消えた後、多くのことがあった。想定通りに国内は乱れ、不死帝を信じる者たちが打倒劉帆を掲げて立ち上がることもあった。だが、劉帆は結局、皇帝となっている。

「国を率いるには、主導者がいるからね。飾りだけど」

ばらばらになった霞を建て直すには中心となる人物が必要だ。それは不死帝の子である劉帆が妥当と考える者が多かった。

劉帆が皇帝として認められた理由は大きく二つ。一つは劉帆が斗堯国《ときょうこく》との友好条約を締結したことだ。斗堯国の使者と交流し、国同士の友好を深めること、互いの国の危機には駆け付け合うことを約束した。斗堯国という力の強い国を味方に引き入れたことは大きく、他の国が霞を狙うことは今日までない。

もう一つは劉帆が不死帝の子であるためだ。不死帝はその神秘性を保ったまま消えている。今も不死帝を信仰し、不死帝は天に還ったのだと考える者たちは、その不死帝を天に還した力を持つ劉帆にも神秘性を見出《みいだ》している。

これらの要因が劉帆を皇帝へと押し上げた。だが劉帆は皇帝の称号を得ても、玉座に座ろうとはしていない。

「霞は、人々のためにあるべきだ。これからは皇帝や六賢《ろくけん》の独断ではなく、多くの人々の意見を取り込んで国を動かした方がいい」

空いた玉座に座すものはいない。それは、霞を動かすのはすべての人民であり、すべての人民が玉座にいる、という劉帆の考えに基づいている。そのため、皇帝でありながらも飾りだと劉帆は語っていた。

かつて毒花によって華やかであった後宮も、そのまま残っている。しかし花妃《ファフェイ》が置かれることはなく、後宮にいるのは一人だけ。すっかり寂しい場所になってしまったが、広い敷地《しきち》を有効活用すべくとの提案によって、時折多くの人々を招いての催しが行われている。

「はあ……仕方がありません。だらける劉帆のために呼びますか」

史明が言うと、劉帆の瞳がきらりと光った。

ほどなくしてやってきたのは董珠蘭《とうしゅらん》だった。珠蘭はだらけた劉帆を見るなり「またですか」と嘆息している。

劉帆は今までのやる気のなさが嘘《うそ》のように勢いよく起き上がると、珠蘭に駆け寄った。そして抱きつく。

「ああ、珠蘭。会いたかったよ。愛してる！」

「今日だけで、何回も聞きましたよ」

「やだやだ。解禁されたんだから、一日五回は言わないとね！」

劉帆は仕事を放棄して逃げている。史明のしかめ面や劉帆の過剰すぎる反応から、そのことを察知した珠蘭はぐいぐいと劉帆の体を引き剝がす。

「わかりましたから。それよりも文が来ています」

んでいる。

「沈麗媛《しんれいえん》様からですよ」

沈麗媛とは沈花妃のことだ。今は花妃の地位ではなくなったため、元の沈麗媛の名で呼
「誰から？」

「……そっか。元気にしているのかな」

「そうだと思います。あの日からもう、何年も経ちましたね」

あの日——つまり、不死帝が消えた日。珠蘭と劉帆はこの国を騙した。

于程業《うていぎょう》の計画を乗っ取る。そのために劉帆は霞正城側で、珠蘭は反不死帝同盟側で動くことが決まった。

珠蘭は興翼《こうよく》と話し、斗堯国の協力を得る。劉帆は六賢を味方に引き入れ、霞正城を動かす重鎮らを説き伏せた。その結果が霞正城の無血開城だ。これにより双方一滴の血も流すことなく、歴史を動かした。

だが、最も大がかりな仕掛けは、不死帝の死の偽装だ。

「兄様が……あのように申し出なければ、不死帝の死を偽装するのは難しかったでしょうね」

「そうだね。海真《かいしん》が、不死帝として顔を晒《さら》してくれた。彼のおかげだ」

不死帝の死の偽装は、視線誘導が鍵となっている。

この視線誘導については、興翼が扮《ふん》した偽者の不死帝騒動にて学んだ。偽者が突然姿を消した時のように、視界に入らなければ見えるものも見えない。これをうまく使えば、騙《だま》す隙が生じる。

だがどのようにして視線を誘導するか。そう話していたところで海真が自ら、不死帝として顔を晒すと申し出たのだ。不死帝が仮面を外せば、あの不死帝の顔を是非とも見ようと皆が注視する。そして劉帆が剣で刺す。衝撃的な場面は意図して作られたものだった。

「文にありましたが、兄様も元気そうです」

「それはよかった。今頃は自由を謳歌《おうか》しているのかもね」

不死帝として顔を晒した海真は、刺されたように見せかけ、実は生きている。剣は彼を貫いていない。しかし血が流れれば刺されたと誤解する者がほとんどだろう。これは以前、珠蘭を守るために水影《すいえい》が使った血の偽装と同じものだった。水影と興翼に依頼し、竜血を集めてもらったのだ。元々竜血は霞のものではないため、たくさん集めるには興翼の協力が必要だった。

だが刺されていないと気づく者が現れるかもしれない。そのため不死帝が刺された後、沈花妃が泣きすがるふりをして駆け寄り、不死帝を隠していた。伯《はく》花妃が玉座の傍《そば》で泣いていたのも、その後を考えての位置である。これらは自然に行えるよう、海真と花妃たちには随分と練習の負担をかけた。

そして珠蘭と劉帆は、不死帝と沈花妃を隠すように皆の前に立ち、仮面を割る。その後に、興翼率いる斗堯の者たちで大きな物音を立てる。あの大きな音は、竹筒に硝石などを詰めたものに火をつけ、そこから生じた音だ。初めて聞く音に人々は驚き、さらに水影が『こっちから聞こえた』と叫ぶことで、皆の注目を集める。

皆の意識がその音に向いている間に、伯花妃と沈花妃が海真を逃がす。素早く脱げるよう、冕冠《べんかん》や龍袍《りゅうほう》は脱ぎやすくなる細工をしていた。そして、玉座の裏へと隠れる。そうなれば残るのは大量の竜血と、竜血が付着した龍袍や冕冠だ。

最後は不死帝の神秘性を保つべく、彼が天に還ったと見せるために瑠璃宮の裏から白煙をあげた。

これが、あの日の真実だ。劉帆と珠蘭が仕掛けた、最後の謎。

劉帆は、珠蘭から受け取った文を読んでいる。

「へえ。海真たちの住まいは興翼が用意したのか」

その後、霞が混乱しているうちに沈花妃と海真は斗堯国に旅立った。あのように顔を見せてしまった海真は、しばらく霞にいられない。斗堯国と霞の友好を示す使者として誰かが斗堯国に行く必要もあったので、海真に任せることにした。これに沈花妃も同行している。

「……幸せなら、何よりだよ」

「でも興翼は大変そうですね」

「まあ、興翼なら何とかなるだろう」

興翼はその後に、王位継承権を認められたようだ。霞の不死帝を退けた不死帝の子に協力した。それを示すかのように海真と沈花妃が同行している。斗堯王《とぎょうおう》は興翼を遠ざけようとしたようだが、そのうちに病が発覚した。今は床に臥せ、国を動かすのは興翼だと言う。つまるところ、興翼も忙しいのだろう。

「うわ。興翼からの伝言も書いてある。『いつか斗堯国にも来て欲しい』ってさ」

「いつか行きたいですね」

「う一ん。難しいなあ。興翼のことだから、珠蘭を置いてけって言い出すかもよ」

「どうでしょう。大丈夫だと思いますよ。私の居場所はここなので」

くす、と珠蘭が微笑《ほほえ》む。見ればいつのまにか史明がいなくなっていた。気を遣って退室したのかもしれない。

今は劉帆が皇帝となり、珠蘭は妃《きさき》になっている。救世の娘の名はいつのまにか薄れたが、代わりに国家の珠《たま》という異名がついてしまった。

それもこれも、劉帆のせいである。

国家の珠を愛し、彼女に愛を誓うために不死帝を討った。そんな話が都に流れ、今では芝居などもあるらしい。とても面映《おもは》ゆいので珠蘭は見ていない。記憶に焼き付けてしまえば、思い返すたびに恥ずかしさで悶《もだ》える気がしてしまう。

さらに都では、珠蘭が身につけていた蒼海色の組紐《くみひも》を真似《まね》たものが流行《はや》ってしまった。再会を誓う劉帆と珠蘭が目印にしていたものとして話が広まり、今では再会を誓うお守りとして扱われている。都の露店にてずらりと蒼海色の組紐が並んでいるのを見た時は、劉帆と珠蘭も苦笑するしかなかった。

後宮に置くのはたった一人だけ、他の妃を迎え入れることはないと宣言をした。それほど一途《いちず》に愛《め》でられた珠蘭のことを、その名を用いて国家の珠と、人々は呼んでいる。

急に劉帆が頬を膨らませた。

「少しばかり妬《や》いてしまうね」

「どうしました？」

「先ほどから海真や興翼の話ばかりだ。僕の話をしてくれない」

「駄々をこねていますね」

拗《す》ねてしまった劉帆に苦笑しつつも、珠蘭は劉帆のそばに寄る。劉帆もそれを受け入れ、珠蘭を強く抱きしめた。

「君に、正直に言えるようになってよかった。僕は、君のことが好きだ」

「私も劉帆のことが好きです」

「共にいられる今が幸せだよ――ねえ、君の瞳に、この国はどう映っている？」

珠蘭はそれを聞き、瞼を伏せる。

海神《かいじん》の贄姫《にえひめ》として過ごしているうちに身についた記憶力。今も故郷の波音がし、記憶は鮮明に蘇《よみがえ》る。

これまでに見てきた国の姿。そして今見ている霞の姿。

比較し終え、珠蘭は瞳を開く。

その瞳に映るは枯緑色《クーリュー》。共に辿《たど》り着いたこの未来はなんと鮮やかだろう。

諦めていたこの色に、彼が名をつけてくれた。珠蘭だけが持つ、愛《いと》しい色。

「稀色《まれいろ》ですね」

ここは、稀色に輝く美しい場所。

あとがき

本作をお手にとっていただきありがとうございます。松藤《まつふじ》かるりと申します。

本作は『魔法のiらんど小説&コミック大賞　ファンタジー・歴史小説部門』にて特別賞をいただいた作品です。ありがたいことに続刊のお声がけをいただき、三巻まで書くことができました。

続刊やコミカライズは私にとっての憧れでした。本作は私にとって初めてのシリーズ物になり、コミカライズも連載中です。様々な私の夢を珠蘭《しゅらん》たちが叶《かな》えてくれました。感謝してもしきれません。コミカライズについては、月刊コミックジーンにて、ゆとと先生の美麗な絵で物語が紡がれています。コミックス一巻も発売していますので未読の方はぜひ。

珠蘭は、書いていて気持ちのよいキャラクターでした。冷静に物事を見つめ、いつも直球勝負なので、毎回どうやって珠蘭を困らせようと悩んでいました。これがまた楽しかったです。そんな珠蘭を支える劉帆《りゅうほ》は、優しいのに素直ではないので、相性の良いコンビだと思います。時には漫才のように二人の掛け合いを書いていました。

珠蘭や劉帆はもちろん、サブキャラクターにもお気に入りがたくさんいます。海真《かいしん》と沈《しん》花妃《ファフェイ》のすれ違いの恋愛は大好物で、書きすぎて減らした場面もありました。興翼《こうよく》もなかなかお気に入りで、その後について考えるのが一番楽しいかもしれません。

本作は多くの方々からお力添えを賜りました。制作に携わった皆様に御礼申し上げます。稀色《まれいろ》の仮面後宮シリーズの装画をお引き受けくださいましたＮａｒｄａｃｋ様。一巻の珠蘭を拝見した時、珠蘭の物語が動き出したと感じました。すべての表紙が素晴らしく、Ｎａｒｄａｃｋ様の装画に彩られた本作は私の宝物です。

そして編集部の皆様。一巻から三巻まで担当編集者様がそれぞれ異なるのですが、皆様それぞれ素敵な方ばかりで励まし支えてくださいました。本作を導いてくださった担当編集者の皆様、ありがとうございます！　これからもよろしくお願いいたします。

いつも励ましてくれる家族や愉快な友人たち。またお酒を飲みましょう。私はビールで。

最後に、本シリーズをお読みくださった皆様。本書を通じて出会えたことを嬉《うれ》しく思っています。皆様の記憶に少しでも焼き付けていただければ幸いです。

また、皆様とお会いできますように。

松藤かるり

お便りはこちらまで
〒一〇二―八一七七
富士見L文庫編集部　気付
松藤かるり（様）宛
Ｎａｒｄａｃｋ（様）宛

富士見Ｌ文庫

稀色《まれいろ》の仮面《かめん》後宮《こうきゅう》　三
海神《かいじん》の贄姫《にえひめ》は伝説《でんせつ》を紡《つむ》ぐ

松藤《まつふじ》かるり

2024年３月15日　初版発行

発行者　山下直久
発　行　株式会社 KADOKAWA
〒102-8177　東京都千代田区富士見2-13-3
電話　0570-002-301（ナビダイヤル）

印刷所　株式会社暁印刷
製本所　本間製本株式会社
装丁者　西村弘美

定価はカバーに表示してあります。　◇◇◇

ISBN 978-4-04-075159-7 C0193